京都岡崎、
月白さんとこ
青い約束と金の太陽

一　約束の青紅葉

1

瑞々《みずみず》しい青葉が茂っている。

まぶしいほどに差し込む陽光に、空を切り取るように伸びる木々の陰影がゆらゆらと揺れていた。

まだ午前九時だというのに、すでに気温は二十度を超えていて、体を動かしているとTシャツ一枚でもうっすら汗をかくほどだ。

七尾《なな お》茜《あかね》は、かがんでいた身を起こして、ふうと一息ついた。

汗を冷やす東山《ひがしやま》からの風は、まだ春の名残《なごり》をとどめていてどこか涼しい。最近そういえばずいぶん伸びた黒髪を、爽《さわ》やかな風がなぶっていく。

胸いっぱいに息を吸い込むと、青い草いきれが香った。

京都岡崎《きようとおかざき》の初夏である。

東山のふもとに、岡崎という場所がある。図書館や美術館、動物園などが建ち並ぶ、歴史ある文化豊かな地区であった。

広い青空の下に、朱と緑が鮮やかな平安神宮《へいあんじんぐう》の仁王門《に おうもん》。そこから伸びる神宮通《どおり》に、覆《おお》い

被《かぶ》さるように巨大な鳥居がそびえている。

そこから少しばかり北に歩いたところに、この月白邸《つきしろてい》はあった。

広大な敷地を持つ日本家屋で、母屋《おもや》には黒々《くろぐろ》とした瓦《かわら》が連なっている。庭は好き放題に植物が生《お》い茂っていて、半ば森のようになっていた。

茜は傍《そば》の青紅葉《あおもみじ》を見上げた。

また葉の一枚一枚は柔らかな緑の五指を伸ばし始めたところで、空の青さえ透かすほどの薄さである、これが秋には厚みを増して、目にも鮮やかな紅《くれない》や朱に染まるのだから、自然というのは不思議だと茜は思う。

——高校二年生の七尾茜は、小学二年生の妹、すみれとともにこの月白邸の居候《いそうろう》である。

茜とすみれの姉妹は幼いころに母を亡くし、それまで住んでいた東京《とうきょう》の高円寺《こうえんじ》から、父と三人で京都に越してきた。京都は父と母の出会った場所であり、父の故郷だった。

去年の春、その父も亡くなった。

茜とすみれは、たった二人きりの家族になった。

その後しばらく叔父《おじ》の家である「笹庵《ささあん》」の邸《やしき》で暮らしたのち、秋口にこの月白邸へ引き取られてきた。

この月白邸の今の主《あるじ》である青年、久我青藍《くがせいらん》のもとへ。

それから半年と少し。

茜もすみれもこの邸で青藍と、ほぼここに住み着いている青年、紀伊陽時《きいはるとき》との四人で、どこかぎこちないながらも家族としての時間を大切に過ごしている。

「――茜」

呼びかけられて、茜は初夏の空から視線を外して振り返った。開け放たれた母屋のリビングから、のそりと青年がこちらをのぞいている。

久我青藍だった。

寝間着として使っている藍《あい》の浴衣《ゆかた》の上に、薄い毛布を引っかけている。

その身の丈《たけ》は百八十センチを超える長身で、寝癖《ねぐせ》なのか、いつもはさらさらとしていた髪がぴょんと一房跳ねている。

黒髪の下からのぞく瞳はいつも鋭く、怜悧《れいり》でしなやかな肉食獣を彷彿《ほうふつ》とさせる。けれど今は眠たげに、しょぼしょぼと半分閉じたり開いたりしていた。

「……こんな朝から、何してる……今何時や思てんのや」

「九時です」

あっさりと答えた茜に、青藍がその眠たそうな顔をぎゅうっとしかめたのがわかった。

午前九時は、青藍にとってはまだ睡眠時間の範疇《はんちゅう》だ。けれど学校へ行くため、早朝に起

きる習慣がついている茜にとっては、とっくに活動時間である。

すでに朝食を済ませ、姉妹に与えられている離れを掃除して、洗濯も終わって一息ついたところだった。

青藍の後ろから妹のすみれが顔を出した。元気いっぱいの笑顔で、ぶんぶんとこちらに手を振っている。

「茜ちゃん、青藍を起こしてきたよ！」

夜型の青藍を、朝食に間に合うように優しく起こし――時々、布団をひっぺがしたり、上に乗って飛び跳ねたりしているらしいが――規則正しい生活へと促《うなが》すのが、すみれの仕事だ。

「すみれは今日も、ちゃんとお仕事した」

ふふん、と胸を張るすみれは、この仕事に大きな誇りを持っているのだ。

茜はリビングの窓に駆け寄った。

「ありがとう、すみれ。おはようございます、青藍さん」

そう笑いかけると、いまだ目の覚めきっていない青藍が蚊の鳴くような声で、それでも「おはよう」と返してくれたのが、おかしくもうれしい。

久我青藍は絵師である。

今年二十七歳になる、茜とすみれの保護者だ。

天才絵師の名をほしいままにし、同時に仕事をえり好みしては依頼人を追い返す変人絵師としても名高い。

茜とすみれがこの邸に来るまで、青藍は規則正しい生活というものと一切無縁だった。

夜に絵を描き、酒を飲んで朝に寝るという生活をしていたらしく、それが仇《あだ》となって偏《へん》頭痛《ずつう》持ちである。それが姉妹が月白邸に住むようになって、少しずつ改善されているところだった。

茜は掃き出し窓からリビングに上がると、青藍をじろりと見やった。

「また遅くまでお仕事してたんですか?」

「……夜が明ける前に、ちゃんと寝た」

青藍が言い訳のようにつぶやく。そのままふらふらとソファに座ってしまった。

青藍が本気で絵を描く時は、たいてい日が沈んでから朝にかけてだと茜も知っている。きっとそこが青藍にとって過ごしやすい時間なのだろうけれど、心配は心配だ。

その思いは、たぶん伝わっているのだと思う。

だから本当に忙しい時でないかぎり、青藍はなんとか茜とすみれに従って、朝に起きてくれるようになった。

「何を飲みますか？」

そう問うとしばしの処理時間があって、やがて青藍が半分寝ている声でぼそっと答えた。

「……コーヒー……」

こうしてゆっくりコーヒーを飲んだり、リビングでともに過ごしたり。そういう自分たちとの時間を大切にしてくれている。

そう思うと、茜はじわりと心の中にあたたかさが広がるのを感じた。

茜は対面式のキッチンに入ると、薬缶《やかん》に水を入れて火にかけた。

コーヒーの粉を取り出してフィルターを用意したあたりで、リビングの暖簾《のれん》を上げて、金髪の青年が入ってきた。ざっくりとしたサマーニットに、細身のデニムを合わせている。

「おはよ、茜ちゃん」

紀伊陽時は、半ば月白邸に住み着いている青年である。

目を見張るほどに整った顔立ちをしていて、わずかに垂れた目と淡い色の瞳に、人好きするような甘さをたっぷりと含んでいる。

蜂蜜を煮溶かしたような金色の髪が、差し込む初夏の光を受けてきらきらと輝いている。

それが首筋にさらりと流れる様が目に毒な気がして、茜はそっと視線を逸《そ》らした。

陽時は絵具商だ。

絵師である青藍の、紙や絵具や、その他画材の類《たぐ》いを管理している。

茜とすみれが月白邸に来たころ、陽時がここにいるのは月の半分ほどだった。それが最近は、ほとんど住んでいると言ってもいいぐらいには居着くようになっている。

陽時がキッチンにやってきて、ちらっとソファの方をうかがう。

「うわ、青藍、ちゃんと起きたんだ」

ソファからは、だらりと青藍の長い足がはみ出している。そのソファの座面にもたれて、床に座り込んだすみれが、テレビのアニメに釘付けになっていた。

「すみれが起こしてくれたんです」

「さすがだねえ、あいつを朝に起こせるなんて、すみれちゃんぐらいだよ」

陽時が軽く笑って、キッチンで手を洗うと、心得たかのようにカトラリーをテーブルに準備し始める。

「陽時さん、朝ごはんどうしますか？　わたしとすみれは食べちゃったんですけど」

そう問うと、陽時がその相好《そうごう》を崩した。

「食べる。茜ちゃんの朝ごはん、好きなんだ」

そう言われると、やっぱりうれしい。茜はほころびそうになる口元を一生懸命引き締めて、薬缶の火を止めた。

茜は料理が好きだ。

京都に越してきた後、父は上七軒《かみひちけん》で喫茶店を営んでいた。学校が休みの日に、料理が苦手だった父に代わって、店の小さなキッチンに立つのが茜の楽しみだった。

その店はもうない。

今でもこうしてキッチンに立っていると、父のコーヒーの香りがよみがえってくるような気がする。父はいつだって茜の隣で、この香りとともに穏やかに笑っていたのだ。

何でもなかったころ、当たり前だった生活の愛《いと》おしい思い出は、いつも哀《かな》しさとさびしさで茜の心を揺さぶる。

けれど時には思い出に心惹《ひ》かれて、立ち止まっても後ろを向いてもいいのだと。そう示すようにそばにいてくれたのが、青藍たちだ。

だから茜はこのあたたかな新しい生活が、愛おしくてうれしくて仕方がない。

近くのベーカリーで買ったカンパーニュは、ケーキのように心持ち大きめに切り分ける。少しオーブンで温めると、ふわふわのもちもちになるのだ。それに黄金色のバターを一かけのせると、それだけでごちそうになる。

ふかふかのオムレツと、ドレッシングでざっくりと和《あ》えたサラダ。それに淹《い》れ立てのコーヒーを添える。

茜とすみれの、二人分のココアを用意したところで、茜はすみれと青藍を呼んだ。

カウンターを挟んで向かい側のダイニングには、丸太を薄くスライスして並べたような、大きなテーブルが一つ。その周りにデザインも大きさもばらばらの椅子がいくつか置かれている。

月白邸にかつていた、住人たちの手作りだった。

青藍が家主《やぬし》になる以前、ここは月白《つきしろ》という人の邸だった。売れない芸術家や職人をたくさん住まわせていたそうで、彼らがここを好き勝手に改造したそうだ。

リビングは食堂などと呼ばれていて、テーブルも椅子も数があったものを、茜が倉庫にしまい込んだのだ。

体を引きずるように起きてきた青藍は、その椅子にのそりと座った。手を合わせる。隣で同じようにしていた陽時と声がそろった。

「いただきます」

ざくり、と音がして、陽時がカンパーニュにかぶりついたまま、目を見開いていた。もぐもぐと咀嚼《そしやく》して、ぱっと顔を輝かせる。

「うわ、美味《おい》しいね！　茜ちゃんが見つけたの？」

とろけたバターが手首まで垂れるのを行儀悪く舐《な》め取って、陽時が口いっぱいにパンを

頬張る様に、茜はくすくすと笑った。

「いつものパン屋さんの新作なんです」

「すみれが見つけたんだ。今日！　焼きたてだった！」

休みの日にパンを買いに行くのも、すみれの大好きな仕事だった。

丸くて大きなパンを紙袋に入れてもらって、「焼きたてだった！」と頭の上に掲《かか》げてリビングに駆け込んできた時、袋からこぼれ出る香ばしいにおいに、茜も歓声を上げたのだ。

陽時がすみれの頭をくしゃっと撫でる。

「すみれちゃんすごいね！　ありがとう」

ふふ、と頬を紅潮させたすみれが、ぱっと青藍の方を向く。まるで、褒《ほ》めて、と言わんばかりに。

ややあって、黙々とパンをかじっていた青藍が、ぼつりとつぶやいた。

「……ええ腕やな」

至極真面目《しごくまじめ》にそう言った青藍に、茜はふ、と笑う。それは青藍の褒め言葉だった。

青藍の大きな手が、すみれの髪を梳《す》くように撫でた。

「さすがすみれやな」

穏やかな京言葉で褒められて、すみれはその顔をぱっと輝かせた。誇らしそうで、うれ

しそうで、足をぱたぱたとさせているのがわかる。

茜はそれを笑って見つめながら、休日の何でもない朝の、その幸福を思うのだ。


午後になって、ダイニングのテーブルで課題を広げていた茜のところに、すみれが駆け込んできた。体中が葉っぱだらけで、庭を駆け回っていたのだろうとわかる。

「――茜ちゃん！　すみれ、お庭にお部屋を見つけた！」

茜は顔を引きつらせた。

ここに半年以上も住んでいて、この期《ご》に及んで「新しい部屋を見つけた」、などということがあるのかと思うが、ここではそれがある。

この月白邸という邸はとにかく広く、ごちゃごちゃとしている。

母屋は何度も建て増しされた跡があり、細い塀《へい》のような渡り廊下でいくつもの離れが結びつけられている。

かつての住人たちが、自分たちの居場所を好き勝手に建て増したり拡張した結果であり、彼らが去った後、手入れの行き届いていないところは、この森のような庭にずいぶんと侵食されているようだった。

庭にはまだ、陶芸用の窯《かま》や謎のオブジェや崩れかけの東屋《あずまや》、今は誰も使っていない離れ

などがぽつぽつと放置されている。

最初のころ一通り見て回ったはずだったのだが、まだあったのか、という気持ちだった。

――すみれが見つけた部屋は、ごく小さな離れだった。

かつては渡り廊下と繋がっていたのだろう。庭から上がって雨戸を開けた先に、廊下代わりの縁側が、障子を開けるとそこは板間になっていた。

部屋の奥には小さな文机《ふづくえ》があり、隅にはプラスチックの衣装ケースに、本のようなものが詰め込まれていた。その傍に大きなダンボール箱がいくつか積まれている。

見回すと、壁に服がいくつかかけられていた。クリーニングのビニールがかぶせられている。その服の正体に気がついて、茜は目を丸くした。

制服だ。

艶《つや》のある黒地にアンティークゴールドのボタンが並ぶ詰め襟《えり》の学生服だった。

それぞれサイズが違うから小さい方は中学時代のものなのだろう。

「誰が住んでたのかな」

部屋を開けるまでは茜の後ろに隠れていたすみれだが、中が安全だとわかったのだろう。途端に好奇心が勝ったのか、中に駆け込んでいった。

衣装ケースを引っ張り出したり、ダンボールを開けてみたりと、すみれは宝物を探すよ

うにわくわくとした顔をしている。

この邸は、今使っている個人の部屋以外は自由にしていいと、あらかじめ青藍から言われているから、すみれは遠慮がなかった。

「すみれ、出したらちゃんと戻すんだよ」

茜はそう言いながら、開かれたままのダンボール箱の中身をのぞいて、は、と目を見開いた。

くたびれたスケッチブックの山と、大量の紙が詰め込まれている。

そのどれにも絵が描き込まれていた。

月白邸の庭でほころんだ淡い桜。雨が降った後、その雫《しずく》をぽたぽたと垂らす紫陽花《あじさい》。東山の夜明け。庭に遊びに来た小さな猫。

描き散らしたようなその絵の鮮やかな色使いに、茜は見覚えがある。

「そっか……」

茜は思わずつぶやいていた。

子どものころからここでずっと暮らしていて……こんな絵を描く人を、茜は一人しか知らない。

「……ここ、青藍さんの部屋だったんだ」

見回した狭い部屋の中、古い絵具のにおいが、何年経《た》った今でも染《し》み込んでいるような気がした。

スケッチブックのいくつかと、おそらく高校生のころのものと思われる学生服を持って、茜とすみれはリビングに戻った。

いつの間にか陽時も青藍も、ソファに向かい合ってくつろいでいる。

「——うっわ、懐《なつ》かしいね！」

タブレットを片手にだらだらとコーヒーを飲んでいた陽時が、学生服を見た瞬間に目を丸くした。向かいに座っていた青藍が、胡乱《うろん》げに眉を寄せる。

「……そんなん、どこで見つけたんや」

「庭の奥にあった離れです」

茜がソファに学生服を置くと、陽時がうれしそうにさっそくビニールを剝《は》がし始めた。

「ああ、あそこ、青藍の部屋だったんだよな」

青藍は今、渡り廊下を一つ挟んだ離れに住んでいる。二間続きのそこは、半分青藍の仕事場になっていて、アトリエのように様々な画材や道具、紙や布が所狭しと詰め込まれていた。

その部屋はかつて、先代の住人、月白の部屋であったらしいと茜も知っている。

月白は青藍の師匠だった。

青藍は小学生の時に、その月白に連れられてこの月白邸へやってきた。そのころ、ここはまだ『結扇《ゆいせん》』という扇子屋《せんすや》を営んでいた。

月白という人は変わった人だったと、みな口をそろえて言う。

売れない芸術家や食えない職人たちを勝手気ままに拾ってくるのが趣味で、そのうちの何人かが、勝手に入《い》り浸《びた》ったり住み着いたりするようになった。

そして月白が亡くなった後、住人たちはみなここを離れていったのだ。

青藍は学生服をひと睨《にら》みして、それから茜が持ってきたスケッチブックをぺらりとめくると、ぎゅっと顔をしかめた。

「……ああ、くそ」

珍しく口汚く毒づいて、ぱたりと押し隠すように閉じてしまう。懐かしさよりは、どこか困っているようにも見えて、茜はわずかに首をかしげた。

「どこかで捨てたと思てた。誰がとっといたんや、こんなん」

常になく早口で言った青藍に、陽時がからかうように笑う。

「――ここに最後までいた、誰かだろうね」

青藍が、ぐ、と唇を結んだのが茜にもわかった。

青藍はここに来た時、寡黙《かもく》で人に懐かず絵ばかり描いていたそうだ。月白邸の住人たちは突然仲間入りした、その孤独な獣のような子どもを面白がり、そして気にかけてもいた。

月白が亡くなった後、青藍はその死を受け止めきれなかった。

抜け殻《がら》のように月白の遺《のこ》した絵を見つめ続ける青藍を、後ろ髪を引かれるように置いて、一人、また一人と住人たちはこの邸をあとにした。

その中の誰かがあの小さな離れを片付け、丁寧《ていねい》に思い出をしまい込み、制服をクリーニングに出しておいたのだ。

いつか青藍が、その青い思い出を振り返ることができるようにと。

青藍がふん、と鼻を鳴らす。

「……余計なお世話や」

その瞳がきゅうと細くなって、どこか懐かしいものを見るように宙に視線を投げた。

陽時が、ボタンを外した学生服を青藍にばさっと羽織らせた。

「うわ、お前、高校から体格変わってないね。今でも着れるんじゃない？」

その姿を指して、陽時がけらけらと笑う。

「やめろ！」

青藍が声を荒らげて肩から学生服を払い落とした。

だがそれを拾い上げたのがすみれだったのが、運の尽きだと茜は思う。すみれが学生服と青藍を交互に見つめて、ぱあっと顔を輝かせたからだ。

「青藍かっこいい！　すみれ、もっと見たいなあ……！」

青藍はこの小学二年生の妹のわがままに、あらがえたためしがない。

やがて、きらきらと注がれる純粋な興味の眼差《まなざ》しに耐えきれなくなったのだろう。視線を左右に泳がせていた青藍が、観念したように、もそり、と自《みずか》ら学生服に袖《そで》を通した。

「……もう二度とやらへんからな」

口がへの字に曲がっていて、とても不本意ですと顔に書いてあるようだ。

茜はつい、と目を細めた。

確かに体格はほとんど変わっていないのだろう。高校生でこれだったのなら、整った容姿とその目つきの悪さも相まって、さぞ目立ったことだろうと思う。

今の青藍の、その黒曜石のような瞳は、年相応の凪《な》いだ落ち着きとわずかな凄《すご》みが見え隠れしている。

十年前――。

その瞳の奥には、もっと幼く青い光があったのだろうか。

ソファの上でふてくされたように肩を落としている、二十七歳の青藍を見つめながら、茜はふとそんなことを思ったのだ。

2

茜《あかね》の通う学校は、御所南《ごしょみなみ》にある私立の大学附属高校だ。道路を挟んで向かい側には、すみれの通う同じ系列の初等部がある。

五月の日差しは容赦がない。紺色のワンピースの制服はまだ夏の衣替えを迎えておらず、日中、光の差す教室はやや暑く感じる。

「――授業始めるさかい、席ついてや」

そう言いながら教壇に上がったのは、現国担当の時田太一《ときたたいち》だった。

短く刈り込んだ黒髪によく日に焼けた肌、身長はやや低めだが、肩幅が広くがっしりとした印象を受ける。

時田はこの春、茜たちの高校に赴任してきた国語教師だ。野球部の副顧問も務めていて、明るく兄貴分のように親しみやすいと、生徒からも人気があった。

時田の授業はわかりやすいと茜は思う。質問を増やして生徒を授業に引き込んでくれる

し、教科書だけではなく、本や新聞の記事を使って飽きないように工夫してくれている。

その時田が、授業の終わりに「さて」と教科書を閉じた。

「――これから週末の課題を発表します」

ええー、とクラス中がざわついた。手を叩いて、時田がぐるっと教室を見回す。

「はいはい、うるさいうるさい。大丈夫やって、楽しい感じの宿題やから」

「宿題に楽しいとかないと思います！　太一先生ひどいわ」

野球部の男子が、泣くふりをして混ぜっ返す。

「泣いても宿題はあるからな」

時田がニヤっと笑うと、黒板にＡ４サイズほどの紙を一枚、マグネットで貼りつけた。

それは一枚の絵だった。

風景画で手前に紅葉《もみじ》の木が描かれている。べったりと塗られた赤い色が、どこか不自然に浮いているように茜には見えた。

時田は、その絵を指した。

「この絵は一例です。みなさんには週末、どこか好きな場所を写生してきてもらいます。それに八百字から千二百字の感想をつけて、週明けに提出してください」

現国にしては妙な課題だと茜は思った。みなもそう思ったのだろう、クラスの中が困惑《こんわく》

にざわつく。時田が教壇で苦笑したが、疑問に答えてくれることはなかった。

「これは美術の佐喜《さき》先生との課題やから、適当にやってると、現国も美術も点滅るで」

代わりに言われたそれに、クラスの中がぴり、と引き締まる。

小学校から大学までの一貫校であるこの学校は、いわゆる私立の名門だ。そのせいもあってか互いに成績でしのぎを削り合うぎすぎすとした雰囲気はない。だが内部進学にはそれなりに成績も必要で、内申点を稼《かせ》いでおきたいのはみな同じだった。

男子が一人ぱっと手を上げた。また野球部だ。

「それは先生の絵ですか？」

時田は困ったように、その口元に苦い笑みを浮かべてうなずいた。

茜ははっとした。その時田と、一瞬目が合ったような気がしたからだ。

「高校生のころに、おれたちも同じような授業やったことがあるんや」

すぐに逸《そ》らされたから、気のせいだろうか。

授業終了のチャイムが鳴って、昼休みのざわめきがはじける前に、時田は付け加えた。

「課題のタイトルは『自分の大切な場所』とします。以上。――委員長、悪いけどちょっと来て」

一拍おいて、茜ははじかれたように立ち上がった。

茜はクラス委員長だ。二年生になってすぐ、前のクラスから同じだった子の推薦で決まった。誰もやりたがらない面倒な役目だが、頼まれたら断れない性格だった。

駆け寄った茜に、時田は教卓の上に置いてあった二つの紙包みを指した。

「これ課題用のスケッチブックな。この後も美術で使うらしいから、悪いけどみんなに配って、名前書くように言うといてな」

茜はうなずいた。みなが昼食で散ってしまっている今より、次の授業の予鈴が鳴った後にでもさっと配ってしまった方がいいだろう。

そう考えながらふと顔を上げると、ぱちりと時田と視線が合った。さっきの授業の時と同じだ。何かあるのだろうか、と問う前に、時田が口を開いた。

「七尾《なな お》さんてさ、あの岡崎《おかざき》のでかい家に住んでるんやんな」

茜はわずかに視線を逸らして、小さくうなずいた。

「両親が亡くなったので、今は、遠い親戚の人のお世話になっています」

茜の事情については職員室で聞いているのだろう。そうか、と時田は言った。

「変なこと聞いて悪いな」

その笑みがただ明るくて、気遣《きづか》わしげでも同情的でもなかったのに、茜はほっとする。

昼練習があると言って出ていった時田の背を見送って、茜は首をかしげた。

時田は自分に、何か言いたいことがあったのではなかろうかと、ふとそう思ったからだ。

——昼食の後、茜は予鈴を待ってクラスの面々にスケッチブックを配った。

「名前書いてくださいね。この後も美術で使うそうです」

はーい、とあちこちからおどけたような元気な答えが返ってきて、茜は苦笑した。

茜は、人と人との距離をはかって付き合うのが、自分でも苦手ではないと思う。誰かに嫌われることもないし、かわりに休日に遊びに行くような特別親しい友人もいない。

それがこのクラスでの、茜の立ち位置だった。

予鈴から次の授業までの間、スケッチブックを手にみなが話すのは、どこを描くかだった。

「七尾さん、どうするん?」

隣の席には、山辺《やまべ》瑞穂《みずほ》が座っている。

今年から同じクラスになった女子で、友人が多く明るい性格で、誰とでも気負わずに話す人だった。隣の席だということもあって、茜も自然と瑞穂とよく話すようになった。

「『大切な場所』だよね。どこか行ってもいいけど、身近なところだと家の庭とかかな」

月白邸《つきしろてい》のそれは、庭というよりは森に近い。その分、写生のポイントになりそうな場所は豊富にあった。

「七尾さんとこ、家でっかいし庭もすごいもんね」

瑞穂の言葉に、前の席の男子が振り返った。

「おれ知ってる、岡崎にあるでっかいお邸《やしき》やろ。塀《へい》から木がもさってしてて、めっちゃ金持ちそうなとこ」

あはは、と笑って茜は肩をすくめた。あれほど大きく奇妙な邸であれば、目立つのも仕方がないだろうと思う。

「住んでるのは、普通の人だよ」

青藍《せいらん》と陽時《はるとき》が普通の範疇《はんちゅう》に収まるかどうかは、茜としてもギリギリどうなのかな、と思うのだけれど。

「ほんま？　おれの家、結構近いんやけどさ、小学生の時ぐらいまでヤバイ人いっぱい出入りしてたし、今もやたら高そうな黒い車止まってる時あるし。中、どうなってんの？」

「その……」

茜は言葉を濁した。どれもこれも心当たりがある。

月白邸は数年前まで、職人たちや芸術家たちが好き勝手自由に出入りしていた。邸をあんなふうに改造するぐらいだから、彼らの見た目も奇抜だったかもしれない。

そして今は、青藍が外出する時は車を呼ぶのがほとんどだ。そして青藍に仕事を依頼し

たいと、こぞってやってくる人たちも。

ああいう車は、どうして判を押したように黒塗りなのだろうかと、茜は小さくため息をついた。

なあ、と男子が周りを見回した。

「おれ七尾さんとこ、行ってみたいんやけど」

おれも、おれもとクラスで目立つ方の生徒たちがみな次々と手を上げた。謎の邸に入ることができるかもしれないと、みな盛り上がっている。

茜は慌《あわ》てて手を振った。

「ごめんね、たぶん無理だと思う」

それに、嫌だ、とも思う。

青藍は自分の邸に他人が入り込むのを、極端に嫌がる人だ。それはあの場所が青藍にとって、かけがえのない大切な場所だからだ。

そして誰も寄せつけない森みたいな庭と、その中に建つ自由を体現したかのような、あの月白邸が——青藍の心そのものなのかもしれないと、茜は思うから。

だから他の誰かが、興味と好奇心だけで青藍の場所に立ち入るのを、茜はどうしたって嫌だと思うのだ。

「――やめなよ」

声を上げたのは瑞穂だった。

はしゃいでいた男子たちが、叱《しか》りつけられたようにしんと静まった。

「あんたら空気読みいや。七尾さんにとってはよそのお家なんやから。気ぃ遣うに決まってるやん」

ああそうやったっけ、と。その時誰かがつぶやいたのが聞こえた。

途端に、ぐ、と胸が塞《ふさ》がれたような気持ちになる。

瑞穂は茜をおもんぱかってくれた。クラスの男子だって悪気があるわけではない。口々に申し訳なさそうな顔で謝ってくれる。

「大丈夫だよ、こっちこそごめんね」

茜は笑ってそう返した。優しくしてもらって辛《つら》くなるなんて、自分勝手もいいところだ。

けれど、当たり前の事実を突きつけられて、否応《いやおう》なく動揺している。

わたしとすみれは、あの家の子ではない。

青藍や陽時と、本当の家族では決してないのだと。

「ごめんね――……」

誰に向かって謝っているのか、わからないまま茜は、そうつぶやくように言った。

3

翌日の土曜日、茜《あかね》は真新しいスケッチブックを抱《かか》えて、月白邸《つきしろてい》の庭を歩き回っていた。時田《ときた》からの課題に手をつけなくてはいけない。

三十分ほどうろうろとしているが、なかなか場所が決まらない。

自分たちの離れや母屋《おもや》、いつも洗濯物を干す庭、見頃の青紅葉《あおもみじ》、若葉の茂る桜の木……どれも「大切」だと思うのだけれど、どこか違う。

絵を描くだけならまだしも、感想文まで添えるとなると、ちゃんとした理由がいるからやっかいだ。

こういうことを適当にこなすことができないのは、茜の根が真面目《まじめ》だからで、自分でもちょっと面倒くさい性格だなと思ってしまう。

だから委員長なんて押しつけられたりするし、クラスの人の言うことを一つ一つむやみに気にしてしまうのだ。

金曜日のやりとりを思い返して、茜は深く嘆息した。

「茜ちゃん、お絵かきするの？　すみれも！」

何か面白そうなことをしていると思ったのだろう。すみれが駆け寄ってくる。その胸に、図工の時間に使ったらしいスケッチブックと、絵具セットの鞄《かばん》を抱えていた。

ボストン型の絵具セットは、学校で買ったものだ。中には筆洗いのバケツと十二色の水彩絵具の他に、青藍のお下がりの筆が何本か。そしてその隙間《すきま》に無理やり詰め込むように、平たい草色の箱が納められている。

顔彩《がんさい》と呼ばれる、日本画で使う絵具だ。小さな四角い陶器の皿に様々な色の絵具が塗り込められていて、水で溶いて使う。

クリスマスに、姉妹そろって青藍《せいらん》と陽時《はるとき》にもらったものだった。

日本画で使う絵具には、水彩やアクリルとはまた違う色味があるのが面白かった。

例えば、と茜はふと庭の木々を仰いだ。

初夏の瑞々《みずみず》しくまぶしい若草の色。

見上げた空は夏の気配を帯びていて、その薄い雲を透かして見える深い瑠璃《るり》色。真昼の陽光に照らされる東山《ひがしやま》の木々は緑青《ろくしょう》。

それから、と茜はがさりと庭の木々を抜けた。その先には母屋から繋がる離れがある。

暑いからだろうか、雨戸も障子《しょうじ》も全部開けて風通しをよくした離れの中で、絵具の瓶を手に、その人がこちらを振り返った。

静かで深く穏やかな――青藍。

「何してるんや？」

その胡乱《うろん》げな、けれど芯に深い柔らかさを持った声を聞いただけで、茜はどこかほっとするのを感じた。

茜は緩《ゆる》む口元をそのままに、すみれとともに青藍の離れへ駆け寄った。

ここは青藍の私室兼、仕事部屋だ。

八畳ほどの部屋が二間、障子戸を隔《へだ》てて続いている。手前の板間が仕事部屋だった。

壁面は作り付けの木の棚になっていて、たくさんの紙や布、開いたままの扉の奥にはおびただしい数の絵具の瓶や小袋が押し込まれていた。

足元には小さな冷蔵庫、その横に木のコンテナがいくつも積んであって、白い小皿や筆、膠《にかわ》を煮るための鍋などが雑多に納められている。

青藍が気に入っているらしい、白檀《びゃくだん》の爽《さわ》やかな香りの向こうに、美術室のような絵具と膠のにおいがした。

茜は遠慮がちに縁側に歩み寄った。

「学校の課題です。どこか『大切な場所』を写生しなくちゃいけないんです」

「すみれも茜ちゃんとお絵かきするんだ！」

すみれがわがもの顔で縁側に腰掛ける。

「へえ、課題って美術？」

青藍の横から、タブレットを片手に陽時が顔を出した。二人でここにいるということは、画材や絵具の在庫を陽時がチェックしていたのかもしれない。

「美術と現国の課題みたいで、現国の先生が提案したって聞きました」

「へえ。現国で写生の課題って、また珍しいね」

陽時にそう言われて茜もうなずいた。感想文を添えるとはいえ、現国の先生が提案する課題とは、確かにあまり思えなかったからだ。

「すみれ、ここにする！」

縁側に腰掛けて足をぶらぶらさせながら、すみれが「いいよね？」とでも言うように、青藍を見上げた。

茜が慌《あわ》てて、すみれの腕を軽く引いた。

「だめだよ、すみれ。青藍さんと陽時さんのお仕事、邪魔しちゃうよ」

「いやだ。すみれはここがいい」

つん、とそっぽを向いたすみれは、やがて言い訳をするように、ぼそりとつぶやいた。

「だって茜ちゃんの宿題は、大切なところを描くんでしょ。……すみれここ大事だもん」

茜はふと周りを見やった。

探せば他にきれいな花が咲いているところも、空がもっと広く見える場所だっていくらでもある。

でも、ここにはさっと青藍のすべてがある。

それは月白邸の全部が、ここにあるということだ。

この新しい生活も穏やかな毎日も、あたたかな幸福も。一つ残らずきっとここから始まった。

だから茜だって、ここが大切だ。

茜は思い切って、すみれの隣に座った。

「わ、わたしもここがいいです」

でもここは青藍の大切な仕事の場所で、そもそも人の部屋の縁側である。茜は緊張気味に、ぐぐっと体をひねって青藍をそろりと見上げた。

「いいですか……？」

それは、茜が最近精一杯覚えた小さな甘えだ。

しばらく複雑そうな顔をしていた青藍だが、やがて大仰《おおぎょう》にため息をついた。

茜は焦《あせ》って腰を浮かせる。やっぱりだめだったかもしれない。

「すみません！　別の場所にします」

「……なんでや」

茜の肩を押さえるように、ぐっと青藍の手が乗せられた。

「陽時、そこの器《うつわ》に水入れてやれ。それから筆立て」

「はいはい」

軽やかな返事の後、陽時が水を入れた筆洗いと、削った鉛筆が何本も差してある筆立てを、茜とすみれの傍《そば》に置いてくれる。

「青藍のお絵かき講座？　おれもおれも」

陽時が横の木机にタブレットを投げ出して、縁側に座り込んだ。青藍がその背を長い足で容赦なく蹴りつける。

「お前は仕事せえ」

「ちょっと休憩だって」

「それやったら、休憩前に茶でも淹《い》れてこい」

陽時を押しのけて、茜の隣に座った青藍がじろりと横目で睨《にら》んだ。

「あ、お茶ならわたし行きますよ」

立ち上がりかけた茜の前に、ずいっと鉛筆が差し出される。思わず受け取った先で、青

藍がふ、と笑っていた。

「茜は宿題」

すとん、と茜が縁側に座り直すと、立ち上がった陽時が母屋の方へ歩いていくのが見えた。やがて三人分のコーヒーと、すみれ用のミルクを盆にのせて戻ってきてくれる。

時折ぽつぽつと話しながら、コーヒーの香りを堪能《たんのう》して、すみれの楽しそうな声を聞く。

それだけで目の前に広がる初夏の景色が、途端に今までよりずっと鮮やかに色づいていく気がする。

ああ贅沢《ぜいたく》だなあ。

じわりとあたたかくなるその胸の内を抱えながら、茜はそう思ったのだ。

――青藍は茜とすみれの絵に、口を一切出さなかった。

しばらくは横から眺めていたが、そのうち手持ち無沙汰《ぶさた》になったのだろう。ちょうど手の届くところにあった古いスケッチブックの、まだ使われていないページをめくって、自分も鉛筆を走らせ始めた。

青藍は縁側に腰掛けて右足を左膝《ひざ》に乗せるように、長い足を組んでいた。その上にスケッチブックを無造作に置いて、鉛筆を握った手を動かしている。

骨張った長い指にはところどころ絵具がついていた。少し前まで陽時と絵具棚を触って

いたからだろう。

その指先が茜から見れば魔法のように、庭の風景を切り取っていく。

目の前にその姿をさらす紅葉の枝は、青藍の絵の中では、いっそう柔らかで躍動感がある。葉の一枚一枚は描き込まれているわけでもないのに、葉脈を先端まで広げて、初夏の光の中で天に向かって一心に命の恵みを受け取っているとわかる。

この木が生きているとわかる。

見つめる視線の先で、この人はこの木に、空を目指す命を見ている。

引き寄せられるように、茜はその光景に釘付けになっていた。

このきれいな人が命を描く様を――ずっと見ていられる。

ふいに、その瞳がこちらを向いた。

「どうしたんや？」

茜は心臓が止まりそうになった。

「あ……」

口から意味のない言葉がこぼれ出て、慌てて首を振った。

あなたが絵を描く姿に見とれていたとは――どうしてだか、口が裂けても言えないのだ。

青藍がす、とこちらに手を伸ばした。

「それ、見てええか」

茜は戸惑《とまど》った。自分の描いたものを見られるというのは、どこか気恥ずかしいものがある。ためらっていると、ほら、と促《うなが》されるように青藍の手が揺れる。

茜は覚悟を決めて、おずおずとスケッチブックを差し出した。

「どうですか……？」

しばらく茜の絵を眺めていた青藍の瞳が、柔らかく細められる。そうして口元に笑みを浮かべたまま、さらりと言った。

「悪ないんとちがうか」

「でも木から描き始めたから、そればっかり大きい気がするし、遠近法っていうんでしたっけ、そういうのもわからないし……」

言い訳を並べ立てていると、自分の描いた絵がひどく稚拙《ちせつ》に思えてくる。

「こんなの、青藍さんに比べたら……」

「いや、それはそうだって、茜ちゃん」

横でコーヒーをすすっていた陽時が、笑ってこちらを向いた。

「こいつ一応、天才絵師ってやつだよ」

「そうやな、ぼくの方が上手《うま》い」

青藍はあっさりとうなずいた。

それは茜だけではなくて、この世の誰のものより自分の絵が美しいと確信している顔だった。

青藍は謙遜《けんそん》しない。

自分が描いたものこそが美しいと、そう言って自信満々に笑うことのできる人だ。

けれど、と青藍の大きな手が、茜の頭をくしゃりと撫でた。

「上手いも下手《へた》も、どうだってええやろ。茜の好きに描いたらええよ」

そうして同時に、上手いばかりが美しさではないと知っている人だった。

いつか青藍は茜に言った。

人は一人ひとり見えている世界が違うのだと。

青藍はそれを、師である月白《つきしろ》に教わったと言っていた。

その日の心持ちで、気分や知識や感情で、姿形も色もくるくると移り変わるのが人だ。

青藍がとん、と茜の絵に触れた。これが茜の見ている世界なのだと、そう教えてくれるように。

「だから、悪ない」

ほら、と自分の手に戻ってきたその絵を、茜は少しためらって。何か愛《いと》おしいものに触

れるように、ぎゅっと抱きしめたのだ。

下書きが終わって、何色を塗ろうかと茜が思案していた時だ。

「——これって青藍の絵？　高校の時のやつだよね」

青藍がばっと振り返ると、陽時が部屋の隅に積んであったスケッチブックを、ぺらぺらとめくっていた。コーヒーも飲み終わって、手持ち無沙汰になったのだろう。

茜が離れから持ってきた数冊のうちの一つで、クラスと名前が書いてある。

「やめろ」

青藍が苦い顔をして、ぎゅうと眉を寄せた。陽時から奪い返そうと立ち上がる前に、隣ですみれが叫んだ。

「みたい！」

「わたしも見たいです」

あっけにとられる青藍をよそに、茜も立ち上がった。

陽時が差し出したのは、風景画だった。

わずかにざらつきのあるスケッチブックの用紙に、淡い鉛筆の線が走っている。

背景には精緻《せいち》な筆致で、煉瓦《れんが》造りの建造物が描かれていた。ところどころ苔《こけ》むしたり欠けたりしていて、ずいぶん古いものだとわかる。

見上げるほど大きなそれは、上は平らだが下は急なアーチをいくつか描きながら、ずっと画面の左奥に連なっていた。橋だ。

その手前には瑞々《みずみず》しい青紅葉が、爽やかな風に揺れる様が描かれている。

たくさんの人々も描かれている。紅葉を見上げて写真を撮るベストの人、煉瓦の橋を見上げている厚手のパーカーを着た人。手を繋いでいる恋人たちは、そろいのニット帽をかぶっていた。

茜はこの場所を知っている。

「南禅寺《なんぜんじ》ですか？」

奥の橋は水路閣《すいろかく》と呼ばれる、明治時代に建てられた有名な史跡のはずだった。

諦《あきら》めたように唸《うな》った青藍が、茜の横からスケッチブックをのぞき込んだ。

「美術の時間やろ。うちの高校は写生会があったから」

うわ、と青藍が苦い顔をして、心なしかスケッチブックから身を遠ざけた。

細目でちらりと眺めては、何か怖いものを見るように肩をすくめて、それでもどこか懐《なつ》かしそうな顔をしている。

「未熟すぎて見てられへんな……」

このスケッチブックを見つけた時、青藍が妙に困ったような顔をしていたのも、そのせ

いだったのだろうか。

青藍のような天才絵師でも、自分の過去の作品はどこか恥ずかしくて複雑な気持ちになるものなのかと、茜はなんだか微笑ましく思った。

そして、あれ、と茜はわずかに覚えた違和感に眉を寄せた。

水路閣の手前で風に揺れるその青紅葉だけが、他と違って妙に厚みがあるように見えたからだろうか。

思わず手を伸ばしてそっと触れると、細かな砂をまいたようなざらりとした感触だった。

陽時も気がついたのだろう。青藍を見上げた。

「この青紅葉だけ岩絵具だろ。緑青の粗《あら》めのやつ。お前学校の課題で使ったの？」

岩絵具は日本画でよく使われる絵具だ。水彩絵具やアクリル絵具とは少し違って、細かく砕いた鉱物や砂のような顔料を、膠という接着剤で紙に固着させる。

色の名前の他に粒の細かさの番号があって、それによって色味や質感が大きく変わるのだと陽時が教えてくれた。

粗い粒のものを使うと、この青紅葉のように表面は砂を塗り込めたような、厚くざらざらとした質感になる。

けれど青藍自身も心当たりがないのだろう。首をかしげてぽつりとつぶやく。

「ぼくもわからへん。なんでこの色、緑青の――……」

そして、ふ、と目を見開いた。何かを思い出したかのように。

「青藍さん？」

「……なんでもない」

青藍はその指先で、青紅葉をなぞってそうつぶやいた。

そうして、ぱたりとスケッチブックを閉じてしまう。

それは思い出した何かをまた、心の箱の中に押し込めてしまったように、茜には見えた。

4

……やってしまった。

茜《あかね》はため息をついて椅子の背にもたれかかった。固まった肩をほぐすようにうん、と伸びをする。

放課後、誰もいない夕暮れ時の教室はひどく静かだ。

耳を澄ませると、校内のあちこちで練習している吹奏楽部の楽器の音や、グラウンドで駆け回る運動部員の声が聞こえる。

茜の目の前には、教室の中を半分ほど描いたスケッチブックがある。茜はその上に鉛筆を投げ出して、いささか情けない気持ちでそれを見つめた。

「——終わったか？」

そう声をかけられて、茜は伏せていた目を上げた。

ジャージ姿の時田《ときた》が教室の扉を開けている。うっすら汗をかいているように見えるのは、今までグラウンドで野球部の指導をしていたからだろう。片腕にはバインダーと、何かを挟んだファイルを重ねて持っていた。

茜は肩をすくめて微笑んだ。

「あと少しです」

週明けの今日、現国の授業で、茜は例の課題を提出することができなかった。放課後にこうしてスケッチブックに向かっているのはそのためだ。

時田が、前の席の椅子に座ってこちらを向いた。

「珍しいな、七尾《ななお》さんが課題忘れるて。どの先生も驚いてた」

茜は困ったように口を開いたり閉じたりして、やがてぽつりと言った。

「……忘れたというか、クラスで発表するとは、思わなかったので……描き直そうかと」

課題を提出した後は、時田と美術教師の佐喜《さき》が採点するだけだと思っていたのだ。

けれど提出の寸前に、思い出したかのように時田が言った。

次の授業を使って、全員が自分の絵について書いた感想文を発表すると。その時黒板に絵も並べられると知って、茜は机の上にのせていたスケッチブックと感想文を書いた原稿用紙を、悩んだ末に鞄《かばん》に戻すことにした。

よく考えれば美術の課題でもあるのだから発表があるのは当然だ。それに思い至らなかった自分が悪いのだと茜は肩を落とした。

時田が一言断って、茜のスケッチブックを一枚めくった。新たに描いた教室の絵の下からもう一枚、本来提出するつもりだった絵が現れる。

「おれはすごくいい絵やと思うんやけどな」

そこには水彩で淡い色をつけた、月白邸《つきしろてい》の縁側が描かれていた。

不格好ながら大きな紅葉《もみじ》の木、揺れる枝葉は鮮やかな萌黄《もえぎ》の緑だ。石畳の隙間《すきま》からは、その敷石を覆《おお》い隠すほどに青々とした下草が萌《も》え出ている。

庭には小さな洗い場があって、そこに絵具の白い皿が積み重なっていた。

石畳にも庭にも、誰かが歩いたあとがある。縁側には人物こそ描かれていなかったが、絵具やスケッチブックや、飲みかけのコーヒーのカップがそうっと置かれていた。

誰かがそこで生きているとわかる。茜はそんな絵を描いたつもりだった。

茜は困ったように笑った。

「あんまり見られたくなくて……」

正しく言えば、人の興味を引きたくなかった。

茜が描いたこの場所は、岡崎《おかざき》のあの大きな邸《やしき》だとすぐにわかるだろう。

本当の家ではない場所を、ことさら大切に思っているのだと、また同情を引くだろうか。

月白邸は他人の家で、本当の家族との場所ではないと。それがかわいそうだと思われることに、たぶん怯《おび》えている。

クラスメイトの親切な言葉と謝罪を、ただありがとうと受け止めきれない自分の幼さに、嫌気が差した。

「……ここは、本当の家ではないので」

口に出して、胸の内が歪《ゆが》むように痛んだ。

しばらく何かを考えていた時田が、やがてぽつりと言った。

「この授業はさ、その人が大事やって思ってるもんを、言葉にする機会を作りたくてやってるんや」

顔を上げた先で、椅子の背を抱《かか》えるようにして時田がこちらを向いている。けれどその瞳はどこか、ずっと遠くを見つめているような気がした。

「七尾さんがほんまに嫌なんやったら、無理強《じ》いはせえへん。でも——大事なものを大事やって言えへんまま、後悔することかてあるから」

時田が振り返って、自分が持ってきたファイルから一枚の絵を取り出した。週末の授業で黒板に貼っていた、あの紅葉の絵だ。

「担任の先生から、一応七尾さんとこのことは聞いてる。それで当面の保護者やていう人の名前も教えてもらって……おれ、びっくりした」

時田の目が懐《なつ》かしそうにその絵を見つめていた。

「名字変わってたけど、あんな名前珍しいし岡崎に住んでるて言うし。たぶん、あいつやって思た」

茜は小さく息を呑んだ。先週、時田が茜に何か話したがっていたように感じたのは、もしかしたらこのことだったのかもしれないと思う。

「先生は——青藍《せいらん》さんのお知り合いなんですか？」

おずおずとそう尋《たず》ねると、時田はどこか困ったように口元を歪めた。

「うん。あいつそのころは久我《くが》やなくて、東院《とういん》やったけどな」

東院は青藍の以前の名字だ。青藍は師匠である月白《つきしろ》から久我の名を継いだ。月白が亡くなるころだったと聞いている。

「おれと東院は、高校で同じクラスやったんや」

赤い紅葉をなぞりながら、時田はそう言った。

べったりと塗られた赤い紅葉は、下絵の線がすっかり潰《つぶ》れていて、まるでやけくそに塗りたくったように茜には見える。その奥には煉瓦《れんが》造りの建造物がずっと続いていた。

茜はふと、眉を寄せた。

同じ構図を最近見たような気がするからだ。手前に紅葉、奥には煉瓦が積み重ねられた水路閣《すいろかく》——南禅寺《なんぜんじ》だ。

ああそうか。茜は目を見開いた。

この絵は、あの時スケッチブックに描かれていた青藍の絵と同じなのだ。高校の写生大会で描いたと言っていたから、時田も同じ場所を描いたのだろう。

けれど、と茜は眉を寄せる。青藍の絵は確か青紅葉だった。

そうして茜は、あの時感じていた違和感の、本当の正体に思い当たったのだ。

描かれていた人々の服装だ。

ジャケットを着た人、厚手のパーカー、恋人たちのニット帽は、青紅葉が瑞々《みずみず》しい今の季節に着るにしてはずいぶんと厚着だ。

茜はばっと顔を上げた。

「時田先生、これって……秋の絵ですか」

時田はきょとん、として、そうしてうなずいた。

「ああ。高校二年生の、秋」

やっぱりそうだ。あの青藍の絵は初夏ではなく秋の絵だ。時田が塗ったように、あの日の紅葉はきっと赤に染まっていたはずだった。

ではどうして青藍は——あの絵を緑青《ろくしょう》の青紅葉に塗ったのだろう。

時田が何かを思い出すように、宙に視線を投げた。

「うん。秋やった……その時おれ、ちょっとわけあって、人のおらへんところを探してたんや……それでその場所を見つけて……」

時田の指先に力がこもる。塗りたくった赤い紅葉の絵具に白い線が入って、そこだけほろりと剝《は》がれてしまう。

「——そこに、あいつがいた」

それはまるで一枚、また一枚と鮮やかな紅《くれない》が散るように見えた。


——東院青藍はクラスでいつも一人だった。

百八十センチ近い身長を持ち、その瞳は鋭く眇《すが》められている。それが睨《にら》んでいるように

見えるので妙に迫力があった。所作《しょさ》は整っていて、いつもすらりと背筋を伸ばしていたから、〝いいところの子〟だという噂もあって、とにかく謎が多かった。

そもそも本人が学校を休みがちで、クラスにもあまり出てこない。そのくせテストの結果は悪くない。内申点と出席率の悪さを成績の良さで帳消しにしていた。

そして存外、女子に人気があった。

すらりと高いその背に整った顔立ちと、妙に大人びた雰囲気に惹《ひ》かれるものがあるらしい。放課後に女子に呼び出されているところを、時田も一度ならず見たことがある。

つまるところ東院青藍という人間は、よくわからない上に愛想も悪く、そのくせ成績と顔が良いせいで何かと女子に人気がある。

同年代の——特に男子たちにとっては、どうにもいけすかないやつだったのだ。

時田は高校二年生の時、クラス替えで青藍と一緒になった。

最初青藍のことを知った時、なるほど、噂には聞いていたが妙なやつもいるものだと、その程度だった。

何より時田も、その春、無愛想な同級生を気にするどころではなかったのだ。

硬式野球部のピッチャーだった時田は、二年生になってすぐに右腕を壊した。病院で医者に告げられたのは、生活する分には問題がないけれど、おそらく野球はもうできないだ

ろうということだった。

時田は野球部を辞《や》めた。

どうせレギュラーではなかったし、公式大会の経験もほとんどない。

その程度の野球人生で——だから、もう二度と野球ができないと言われても、少しも悔しくなんてなかったのだ。

野球部を辞めて、クラスの友人たちと放課後に遊びに行って、カラオケにゲームセンターに、夏休みには海に行って初めて彼女ができた。

「高校生活、楽しまなあかんて。汗まみれで部活なんかやってるやつはあほや」

時田は友だちと、そう言って笑い合った。

何かに一筋になって一生懸命なことが、なんだか格好悪いと思っていた。みんなそういう時期だった。

時田がその場所で青藍に出会ったのは、そんな高校二年生の、秋も深まるころだった。十一月も半ばを過ぎたくらいに写生大会があった。二週連続で美術の時間を使って行われる予定だった。

南禅寺を選んだのは、クラスの連中が一番少なかったからだ。どうしてだか一人になりたい気分だった。

テレビで秋の明治神宮《めいじじんぐう》大会の中継を見たからかもしれない。時田と同じ、二年生のピッチャーがマウンドに上がっていた。

それが、時田の胸をぐつぐつと煮え立たせていた。

近くの適当な場所を陣取って座り、観光客で埋め尽くされた境内《けいだい》を、先生に目をつけられない程度に適当に描いていた時だ。

ふと隣に誰かが座った。それが東院青藍だった。

時田も驚いたけれど、時田に気づいた青藍の方が驚いていた。

鋭く眇めた瞳に睨みつけられると、確かに妙な迫力があって、時田は一瞬身を引いた。

「なんでお前、そこにいるんや」

不機嫌そうにそう問われて、時田は思わず眉を寄せた。

「お前があとから来たんやん」

そうだったかと青藍は悪びれもしない。その口の端に薄い笑みを浮かべて、長い指ですっと目の前を指した。

「ここが一番きれいに色づいてる。お前も見る目あるんやな」

時田は一瞬瞠目《どうもく》して、そうして改めて目の前の紅葉を見つめた。

それほど意識して選んだ場所ではなかった。座れそうな場所があることと、赤く色を塗

ればそれでよさそうだったから、手軽だなというぐらいの気持ちだった。

「……そうか？　きれいかな」

だから時田はそう言った。紅葉をまじまじと観察したことなんてなかったからだ。青藍はスケッチブックを開きながら、ほら、と前を指し示す。

「この時間は葉裏に光が透けて、色がぐっと鮮やかになる。紅《くれない》と朱色と橙《だいだい》色と……あと、まだ染まりきってへん青が混じってて、ぼくは好きやな」

青藍は時田のことなど、気にもとめていないようだった。ただ、わずかに目を細めて紅葉に見入っている。

時田には普通の赤に見えるけれど、青藍の目にはよほど美しくうつっているようだった。

しばらく互いが鉛筆を走らせる音だけが続いた。

時田はちらりと青藍を見やった。

最初は、なんて絵になる男だろうと思った。

むやみに姿勢がいい。あと顔もいい。整った横顔はすっと鼻筋が通っていて、紅葉を見つめたままの瞳は深い黒。なるほど、これは女子も色めき立つはずだ。

長い指先が軽く握った鉛筆を、スケッチブックの上に滑らせる。

そのうち、時田はだんだんと青藍の描く絵に夢中になっていった。

鉛筆だけの白黒の世界だ。

けれど人も紅葉の枝葉も、本物よりもくっきりと鮮やかに描かれている。

歩いている人は今にも表情を変えて動き出しそうに見えたし、紅葉の葉は風に吹かれて、はらはらと散ってしまうのではないかとさえ思った。

何より己《おのれ》の絵と、そして目の前の紅葉を交互に見つめる姿に、思わず見入ってしまうほど、惹きつけられるものがあった。

「東院は、絵描くの好きなん?」

気がつくと、思わずそう問うていた。無視されるかと思ったが、間髪《かんはつ》をいれずに答えが返ってきた。

「好きや」

青藍がふと手を止めて、怪訝《けげん》そうにこちらを見た。

「それが、何?」

「いや、その……すごい一生懸命、絵描いてるみたいやったから」

「ぼくはどんな絵かて、命懸《か》けて描いてる」

なんだそれ、痛い。その時確かに、時田はそう思った。

一生懸命、命を懸けて、なんて。

そんなのちょっとやばいヤツが言う台詞《せりふ》だ。しかもプロアスリートとかがオリンピックで言うんじゃなくて、たかが美術の授業の課題に、いち高校生が言うなんて。

胸の中がざわざわする。自分が「野球が好きなのか」と問われて、好きだと答えていたのはいつまでだっただろうか。

そのざわつきが気持ち悪くて、時田は、はっと口元で笑った。

「そういうの、痛くねえ？　なんか、命懸けてとかさ」

睨みつけられるかな、と思ったけれど、意外にも青藍はわずかに眉を下げただけだった。少し困っていたのかもしれなかった。

「そうなんやろうか」

そうしてふと小さな息をつく。

「でもぼくには、これしかあらへんかったから」

そうしてまた前を見る。あの真摯《しんし》な黒い瞳で、色鮮やかな紅葉をまっすぐに見つめる。

そのまま、ふいに問われた。

「時田は？」

へ、と時田は目を丸くした。

「野球。好きなんとちがうんか？」

一瞬だけこちらを向いた青藍の目は、確かに時田の右腕を見つめていた。その時思ったのは、ああ、こいつおれの名前と部活、知ってたんだな、ということだった。

初夏あたりまでは右腕を吊っていたから、もしかしたら怪我《けが》をしたことも、部活を辞めたことも知っていたのかもしれなかった。

「別に……」

好きじゃなかったよ。と、そう続けようとした。

青藍がこちらを見つめていた。命を懸けて絵を描いていると、あっさり言ってのけたそいつが、時田の腕を見つめていたのだ。

その瞬間、自分でも不思議なことに、腕を壊した瞬間の痛みを思い出した。公式試合ですらなかった、四月のたいして重要でもない練習試合だった。

珍しく一回からの登板で、張り切っていたのかもしれないと今なら思う。

五回の表、キャッチャーに向かって投げた球が、ミットに収まる音を聞いた瞬間。自分の肘《ひじ》から嫌な痛みが走った。

自分でもわかった。これはもう戻らない。

その瞬間の絶望を思い出した。そうだった、確かに自分は絶望したのだ。

痛くて、でもそれよりも、おれはもう二度と投げられないんじゃないかって、そう思っ

て、目の前が真っ暗になるくらい――一生懸命野球をやっていたということも。

「――……好きやった」

誰にも言ったことのないその言葉を、時田はぽろりとこぼした。

青藍はきっと、一生懸命に何かを好きでいることを、絶対に馬鹿にしないやつなんだろうと思ったから。

「おれ、好きやったよ、野球」

その瞬間たまらなく泣けてきた。本当なら、四月に流しておくべき涙だった。

「エースでもレギュラーでもないし、公式試合かてほとんど出してもらえへんかったけど……おれ、好きやったんや」

「そうか」

静かにそう言った青藍はふと視線を逸《そ》らした。薄い唇を結んで、どこか痛みをこらえるような顔をしている。

こいつも何か大切なものを、突然奪われたことがあるのかもしれないと、そう思った。

それで少し打ち解けた気がした。

「東院さ、それだけ身長あったら、部活の勧誘とかもすごかったやろ」

「ぼくが見ると、みんな逃げていった」

「そら東院が睨むからやろ」

「睨んでへん……つもりや」

青藍がわずかにむっとした。無愛想で無表情だと思っていたが、意外と子どもっぽい顔もするのだ。

「穏やかな心で笑ってみたら?」

「ぼくはいつも穏やかや」

ぶすっとそう答える青藍が、たまらなくおかしかった。

クラスで遠巻きにされている東院青藍は、話してみると案外面白いやつだ。大人びているように見えるけれど、中身はあまり自分たちと変わらない。

たぶんちょっと不器用なただの高校生二年生だった。

絵を描きながら時々ぽつぽつと話した。時間が来て時田は、意外とまともに仕上がったスケッチブックを満足そうに眺めた。

後は色をつけるだけだったが、それは来週に持ち越しだろう。時田は一足先にと立ち上がった。

「じゃあまた。次もここでな、東院」

同じように学校に戻る準備をしていた青藍は、少し驚いたように時田を見上げた。

「絵、得意なんやろ。おれに色の塗り方教えてや」

青藍はどこか困ったような顔をして。やがて、ふ、とよそを向く。

「……気が向いたらな」

そう言いながら、きっと次にここで会った時には、その愛想のない顔でぼそぼそと色の塗り方を教えてくれるのだろう。

こいつはそういうやつなのだと、時田は知った。

そのほんのささやかな約束を——破ったのは時田だった。


夕日の差し込む教室で、時田は小さくため息をついた。

「——クラスに戻った時に、言われたんや」

お前、東院と一緒にいたよな、と。そして知りたくもなかった青藍の噂をいくつか聞いた。

岡崎の大きな邸に住んでいて、妙な人間たちが出入りしている。そもそも本人が無愛想で周りと馴染《なじ》もうとしないし変なやつだ。何を考えているかわからなくて怖い。

そのうち誰かが笑って言った。

——あいつ、休み時間も中庭で絵描いててさ。何してるんって聞いたら、絵描いてるっ

て。それが好きやからって。

同級生たちの笑い声を、今でも時田は覚えている。

結局、自分も笑ったからだ。

「……おれも言うたよ。〝なんやそれ、痛いよな〟って」

大好きなものを大好きだと声高《こわだか》に主張するのは、あの高校二年生の自分ではだめだったのだ。あそこで普通のやつでいるためには、東院青藍と関わるべきではなかった。

「おれは結局、言われへんかったんや。……あいつ、案外イイやつなんやで、って」

野球が好きなのかと問われて、別に、と答える、そういう世界に残るために。

時田は次の週、南禅寺に行かなかった。

——茜は、知らず知らずのうちに、手のひらを握りしめていた。

後悔してる、と真っ赤に一色で塗り込められた紅葉を引っかきながら、時田が続ける。

なにかひどく苦いものを、一生懸命飲み下しているような顔をしていた。

「結局おれは、周りと一緒に同じ色に染まりたかったんや。その方がずっと楽やし」

情けないよな、と言い捨てて、時田はうん、と椅子の上で伸びをした。

「でもおれはさ、それが全部悪いことやとは思てへん。学校で上手に生きていくので、大人が考えてるより、たぶんずっと難しいやろうから」

そう言う時田は、懐かしさの名残《なごり》をかみしめながらも、教師の顔をしていた。けれど、と少し困ったようにつぶやく。

「それだけやと、ちょっとさびしいからな。おれもこの授業をやってるんや」

茜は首をかしげた。時田がにやりと笑う。

「大事なものを、ほんまに大事やって、そう言う機会があった方がええやろ」

ああそうか、と茜は思う。

これは時田の後悔なのだ。

あの時守れなかった約束の代わりに、何かを伝えたくてやっている。

茜は促されるように、自分の月白邸の絵をじっと見つめた。

時田の力強くて優しい声が言った。

「何を描くんかは七尾さんが決めてええ。自分で決めて、その決断とか、もしかしたら後悔とか、そういうのをちょっとでも大事にしてくれたら、この課題を出したかいがあるかな」

大切なものを大切だと言うのは、簡単なようでいてとても難しいから。

茜がうなずくのを見て、時田はがたりと立ち上がった。

「東院にさ、伝えてほしいことがあるんやけど、頼まれてくれるやろうか……っていうて

も、おれのこと忘れてるやろうしなあ」

茜はくすりと笑った。

「それはどうでしょうか」

時田が不思議そうな顔をする。けれど茜はほとんど確信していた。

十一月の鮮やかな紅《くれない》に色づいているはずの紅葉を、青藍がわざわざ青紅葉に仕立てたのは、きっと何か理由があるはずだから。

そしてそれは、この小さな約束のことに違いなかった。


だんだん長くなってきた初夏の日も、すっかり沈んでしまったころ。

茜は母屋の玄関で靴を脱ぎ捨てると、急いでリビングに駆け込んだ。青藍とすみれが、どうしてだか立ったまま、怪訝《けげん》そうにこちらをうかがっている。

「すみません！」

結局、迷いに迷っている間に時間は過ぎ、気がつくとすっかり遅くなってしまっていた。気がついた時には、いつもなら買い物も済んで、月白邸で夕食の準備をしている時間になっていて、慌てて帰ってきたのだ。

「夕ご飯、すぐ作ります」

あたふたと茜は椅子に鞄を置いた。そういえば制服のままで、着替えないと料理もままならない。でもそんな時間も惜しい、本当ならもう食事が始まっている時間だ――……。

「茜」

「何かすぐ作れるもの……鍋とかはもう暑いか。そうめんはまだちょっと早いですかね」

食材は何があったかな、と気持ちだけが急《せ》く。何度か呼びかけられているのもろくに耳に入ってこない。

「あの、コンビニでお買い物だけ……」

「茜！」

その声に、茜ははっと顔を上げた。

青藍が呆《あき》れた顔でこちらを見つめている。その手には、いつもの藍《あい》色の着物にまったくそぐわない、赤と黄色の派手な箱を三つ重ねて抱《かか》えていた。

とっさに何かわからなくて、茜が眉を寄せる。

「……何ですか、それ」

「ピザ」

青藍はあっさり言って、その平たい箱をテーブルの上にぞんざいに置いた。確かにどれも見慣れた、デリバリーピザのマークがついている。

「茜ちゃんの帰りが遅いから、今日は何か頼もうかって話になってさ」

陽時が笑いながらキッチンから出てきた。人数分のコップと、こちらも月白邸ではあまり見ることのない、コーラとサイダーのペットボトルをどん、と机の上に置く。

「すみれが、ピザがいいって言った！　コーンと、バーベキューと、シーフード！」

すみれが青藍の足にぴょんぴょんとじゃれつく。

着替えてこいと言われて、茜が離れでいつものパーカーとデニムに着替えている間、リビングではすっかり準備が整っていた。

テーブルには種類の違う大きなピザが三枚と、一緒に頼んだらしいサラダ。コーラとサイダーが注がれたグラスが、きらきらと炭酸の泡を立ち上らせていた。

心持ち身を縮めて椅子に座った茜に、青藍が嘆息交じりに言った。

「茜、あんまり遅くなるんやったら、連絡くらいせえ」

そういえば焦《あせ》りすぎて、連絡も入れていなかったことに今思い当たった。茜はますますしゅんと身を小さくした。

「すみません……。あの、夕食作る約束ですよね」

この家には住まわせてもらっていて、お金も出してもらっていて。だから代わりにできることはしなくてはいけないと思うのに。

ぽそぽそとつぶやくと、青藍がもどかしそうに首を横に振った。

「そうやあらへん。確かに茜の作るもんは美味《うま》いし、陽時《はるとき》は大して食えるもん作れへんから……正直、夕食作ってくれるんは助かるけどな」

「うるさい。お前だって大して変わんねえから」

陽時の長い足が、テーブルの下で青藍を蹴りつけていた。

この二人は家事に──特に食事を作るということに不向きで、放っておくとキッチンは大惨事になる。せいぜいトーストを焼くか、微妙な味付けの卵焼きを作れるかというところだった。

陽時がその甘い瞳をこちらに向けた。

「あのね、連絡がないとおれたちがすごく心配するってことだよ、茜ちゃん」

それは茜の心にすっ、と染《し》み入《い》る。

青藍も陽時も、すぐに自信をなくしてうつむいてしまう茜のために、こうして何度だって言ってくれる。

茜とすみれは家族なのだと。

それから、と青藍が不満そうにじろりと茜を見やった。

「茜、帰ってきた時、なんて言うた」

問われて茜はぐっと考え込んだ。覚えていない、と答える前に青藍が言い放つ。

「〝すみません〟と〝夕ご飯すぐ作ります〟や。……何か足りてへんやろ」

茜は一瞬きょとん、として。そうしてそれに気がついた。

口元がむずむずとする。なんだか気恥ずかしくて、うれしくて。泣きだしてしまいそうで、でも心の中はあたたかい。

その時、茜は決めたのだ。

遅くまで残って仕上げた教室の絵は、きっと今見れば色あせてしまう。

自分の大切なものなんて最初から決まっていて、そうしてたまには──自慢の一つもしたっていいと、そう思うのだから。

「──ただいま」

それを聞いて、青藍は至極《しごく》満足そうに微笑んだのだった。


その夜、すみれが眠った後、茜は青藍の仕事部屋を訪ねた。

持参した盆の上には、小鉢《こばち》と小皿がそれぞれ二つずつのっている。薄水色の玻璃《はり》の小鉢には、大根とにんじんの紅白なます、紺色の小鉢は蓴菜《じゅんさい》、白磁の小皿には漬物がいくつか、涼しげな流水紋の小皿には、クラッカーとクリームチーズだ。

「——お酒を飲むなら、おつまみを一緒にっていう約束ですよ」

部屋に招き入れられた茜は、机の上に用意された酒と猪口《ちょこ》に小さく嘆息した。青藍は酒を、特に日本酒を好むがそれで体調を崩したこともある。

それ以来、酒を飲む時は肴《さかな》も一緒にと茜と約束をしたはずだった。

茜がじろりと見つめると、青藍が視線を逸らしたのがわかった。はい、と盆ごと進めると、青藍が無言でそれを引き寄せる。

それからとりとめもない話をして、しばらくが過ぎた。

よほど根をつめた仕事をしていないかぎり、青藍は茜を部屋に入れてくれる。こうして時々、青藍は酒を、茜は茶を飲みつつ、少しの間あれこれと話すことも増えた。

この部屋は青藍の大切な部屋で、ここに入れてもらえていることそのものが、家族として許されているのだと。そう思うことができて、茜にとっては少しうれしい。

盆の肴が半分ほどなくなったころ。茜は唐突に切り出した。

「——青藍さんは、どうして青紅葉にしたんですか」

青藍が眉を寄せたのがわかった。一瞬視線をさまよわせた後、部屋の端にそのまま置かれていたスケッチブックを見たから、思い当たったのだろう。

茜は立ち上がってそれを拾い上げた。

「時田太一《たいち》先生に聞きました。うちの現国の先生なんです」

とっておきの秘密を明かすようにそう言うと、青藍の目がみるみると見開かれていく。

ややあって、ぽつりとつぶやいた。

「あいつ……学校の先生になってたんか」

茜の保護者が『青藍』という名前であることと、岡崎《おかざき》に住んでいることがきっかけで、時田が茜に声をかけてくれたこと。

そしてその紅葉を描いた日の時田のことを、茜はぽつぽつと青藍に話した。

あのささやかな約束の後――南禅寺に行かなかった理由も。

「時田先生に、あの時の絵を見せてもらったんです」

べったりと赤一色に塗りたくられた、紅葉の絵だ。

鮮やかなまでのあの赤を思い出しながら、茜は青藍のスケッチブックを開いた。

あの絵よりずっと涼しげな、緑青《ろくしょう》に彩られた青紅葉が現れる。

今見るとその違和感は明白だった。道行く人は明らかに冬に近い格好をしていて、爽《さわ》やかに風に揺れる紅葉だけが奇妙に浮いて見える。

これは初夏の絵ではない。

「秋の絵なんですよね」

開け放たれた月白邸の縁側からは、庭に植えられた青紅葉が見える。

月明かりの下、風に葉を遊ばせるそれをしばらく眺めて。青藍はやがてつぶやくように言った。

「……あの時、時田が言ったからや」

ざわりと風に吹かれて、紅葉がいっそう大きく揺れた。

——青藍自身も、その絵を見るまで忘れていた。

確かにあの季節深まる秋のさなか、目の前には鮮やかな朱の紅葉が揺れていた。

だから青藍もその目がとらえたまま、赤や朱や橙で彩るはずだったのだ。

東院青藍はよくわからない人間だ、と言われていることを、青藍自身も気がついていた。気軽に周りに声をかけることもできない。声をかけられることもない。学校ではいつも一人で、登校しない日もよくあった。

そういう日は家でずっと絵を描いていたり、保健室に行くと言って誰もいない美術室にいたりした。学校の中をふらふらと歩き回って、気に入った場所を描いていたこともある。

それでいいと思っていたし、それが心地良かった。

そのころの月白邸にはお節介な住人がたくさんいて、あまりうるさく言わない月白の代わりに、芸術家や職人たちに散々、面白がられ——……そしてたぶん心配されていたのだ。

学校に友人の一人もいないのも、はたしてどうだろうかと思い始めたのがそのころで、青藍なりに密《ひそ》かに悩んでいたころでもあった。

そんな時、秋の写生大会で、青藍に話しかけてきた奇特な同級生がいた。

確か野球部だったはずだ。一年生の時グラウンドで絵を描いていた折に、何度か見かけたことがある。レギュラーではないようだったが、とても楽しそうだったのを青藍は覚えていた。

だから問うたのだ。

野球が好きなのか、と。

なんだか曖昧《あいまい》な返事をしていたが、好きなら好きであると、ちゃんと言った方がいいと思った。

そうでないと奪われてしまうから。

青藍はその時まだ、東院家という伝統と格式を守る古い絵師の一族の一人だった。

東院家は糺《ただす》の森の近くに広大な邸を持ち、たくさんの弟子を有している。かつては御所《ごしょ》や幕府の絵師を務めたこともあるらしく、今でも寺や神社に絵を奉納したり、文化財の修復に関わってもいる。

その前当主、東院宗介《そうすけ》が正妻である志麻子《しまこ》ではなく、邸の使用人の女に生ませたのが青

藍だった。

十四歳上の腹違いの兄、珠貴《たまき》がいて、父が死んだ後は東院家をその珠貴が継いだ。青藍はそこで一度、志麻子に絵をすべて奪われた。そこから連れ出して、青藍にもう一度絵を与えてくれたのが月白だった。

青藍は一度奪われた。それはきっと時田もだ。

野球が好きだったのだ、と。そう言う時田の傍にしばらく青藍はいた。奪われた苦しさと理不尽《りふじん》さとどうしようもない怒りを、胸の内に抑え込んで。

やがて話すうちに、時田は目の前の紅葉を見つめるようになった。最初はさして興味のなかったそれに、どこか惹きつけられるように。

きれいやな、とそう言った時田がふいに、目の前を指したのを青藍は覚えている。

——東院はさ、あの青い紅葉に似てる。

赤や橙や朱色、黄と様々に彩られた紅葉のなかに、まだ夏の名残《なごり》を感じさせる瑞々しい緑色の葉が交ざっていた。

——みんな全部周りに染まって、赤くなっていくのにさ、あれだけずっと緑のままや。

確かにそうだと、その時の青藍は思った。

ああやって周囲に溶け込むことができないのが自分だ。

月白邸の人間が言うような、人と関わることの大切さを、青藍だって感じることはある。

でも結局、諦めてしまうのだ。どうせ誰も己をわかってくれるわけがないのだと。

それこそが青さだったのだと、今なら少しわかるのだけれど。

だから半ば自嘲気味にうなずいたその次に、時田がこぼした言葉が鮮烈だった。


——それってさ、ちょっとかっこええよな。


その後、月白邸に戻って。

気がついたら青藍は、その紅葉を緑青に塗っていた。

——青藍は猪口を傾けながら、未熟な己の絵をじっと見つめた。

電灯の光を浴びて、塗り重ねられた緑青の粗《あら》い粒がきらきらと光る。触れればざらりと厚みのあるこの絵具は、美しい初夏の紅葉の色だった。

茜がちらりとこちらをうかがっているのがわかる。その口元が微笑んでいた。

「時田先生に見せたかったんですか?」

「……ぼくが、この色で塗りたかっただけや」

けれど次の写生会の日、時田は青藍の隣に来なかった。それからしばらくした後、青藍

は廊下に掲示された絵の中から、時田の絵を見つけた。

べったりとアクリル絵具一色で、重たく塗られた真っ赤な紅葉だった。

それを見ていた青藍を、他の同級生たちと同じように時田が遠巻きにしていたことも気がついていたけれど、青藍も話しかけなかった。

それから卒業まで会話らしい会話をした記憶はない。

それだけの思い出だと、青藍は猪口に残っていた酒を呷《あお》った。喉《のど》が焼けるようだった。

茜がじっと窓の外の青紅葉を見つめている。その顔がどこか悲しそうに歪《ゆが》んで、何かをこらえるように唇を結んでいた。

あの時の青藍の代わりに、傷ついてくれているのかもしれなかった。

やがて茜は顔を上げた。

「青藍さん、時田先生から伝言があるんです」

青藍はそれを聞いて、わずかに目を見開いた。


次の日、茜は登校するなり職員室に駆け込んだ。予鈴まではまだ二十分ほど時間がある。

時田は窓際《まどぎわ》の自分の席で授業の準備をしている。朝練が終わった後なのだろう、いつものジャージ姿だった。

「時田先生、おはようございます」

駆け寄った茜は、「預かり物です」と一抱えほどの紙袋を掲《かか》げた。昨日の夜、青藍から渡されたものが入っている。

「おはよう、七尾さん。何これ?」

きょとんとする時田の、その机の上で茜は紙袋を逆さにした。ばらばらと中身がこぼれ落ちる。一つ一つが五センチ角ほどの白くて小さな箱だった。

「なんやこれ」

困惑《こんわく》気味の時田が箱を一つつかんで、中を開ける。四角いつるりとした陶器の皿が入っていて、紅《べに》の絵具が塗り込められていた。

「顔彩《がんさい》っていいます。日本画の絵具です」

十個ほどある箱を、茜は時田の目の前で全部開けた。

赤、山吹《やまぶき》、朱色、橙色に赤橙色、茶色がかった朽葉《くちば》、紅に赤銅《しゃくどう》……。

時田の机の上が、あっという間に鮮やかな紅葉に染まったようだった。

「……きれいなもんやな」

茜は一枚の紙が挟まった透明なファイルを、時田の前にそっと置いた。

「青藍さんからです」

それはあの週末、茜の隣で青藍が描いた初夏の月白邸の姿だった。表装《ひょうそう》もされていない、スケッチブックからちぎり取ったままの一枚だ。

縁側の向こうに、紅葉の木が風に揺れている。

それは本当は爽やかな青紅葉だったけれど――青藍は秋の紅葉の色で彩った。

「うわ、すげえ……」

時田が思わずといったふうに声を上げた。

小さな葉の一枚一枚は、一つとして同じ赤で色づけされていない。

時田に渡したのと同じ色の顔彩を使って、濃く薄く、時には重ねて。

今朝方までかかって、青藍が塗ったのだ。

日の光に淡く透ける橙色、青い空にくっきりと映《は》える紅。風に揺れて散るその一枚は美しく輝く山吹色、燃えるような色濃い緋《ひ》、深く静かな蘇芳《すおう》。

「全部違う色なんだって、青藍さん言ってました。同じ紅葉でも同じ赤でも一色じゃないんだって」

時田がぐっと息を呑む。

「先生の伝言、伝えておきました」

——おれ、野球辞めてないから。

それを聞いた青藍は翌朝、茜にこの絵を渡した。そして返事も預かってきている。

「〝そうか〟」

たった一言、それだけだ。

茜は黙って職員室をあとにした。ちらりと振り返った先で、時田がその絵を眺めているのがわかる。

どこか穏やかで、けれど苦く青いものをかみしめている。ほんの一瞬だけ、十年前のその日に戻っているのかもしれなかった。

外からは朝練の声が聞こえる。かわされる朝の挨拶《あいさつ》、今日も始まる微妙な人間関係の探り合いだ。

でもそれが学校なのだと茜は思う。

同じように過ごしていたって、誰かと意見を合わせたって別に構わないのだ。同じ色に染まっているように見えたって、青藍の描いた紅葉のように、本当はそれぞれみな違うはずだから。

その中で時田は、機会を作ってくれた。

大切なものを大切だと、声高《こわだか》に主張する機会を。

時田から十年経《た》って、今度はわたしの番なのだと、茜はそう思った。

「——七尾さん」

呼ばれて、茜は短く返事をすると席から腰を浮かせた。

登壇して教室の中をぐるりと見回す。こちらを見つめる同級生たちの顔が、悪気のない好奇心に輝いているのがわかる。

親を喪《うしな》って、住み慣れた家も失って間もないあの子は、何を描くのだろう。気の毒そうな顔をした女子たちの姿もある。

それでもいいのだと、茜は思った。だって当たり前だと気がついたのだ。

茜自身がこうしてほしいのだと言ってこなかったから。周りは茜を見て勝手に判断するしかなかった。親を亡くし、よその家で暮らす子なのだと。

きっと逆の立場なら茜だって気の毒に思った。慰《なぐさ》めようと言葉をかけただろうし、あるいはどうしていいかわからなくて遠巻きにしたかもしれない。

背を向けて、スケッチブックから切り取った絵を黒板に貼った。

柔らかな初夏の、月白邸の庭だった。

淡い光が差し込んで、青い紅葉がゆらゆらと揺れている。

「──わたしの今、一番大切な場所です」

だから知ってほしいと思ったのだ。

「わたしと妹は今、遠い親戚の人と暮らしていて……その、一般的に家族と呼ぶには、もしかしたら少し無理があるかもしれないのですが」

クラスの中がわずかにざわめく。

それに向き合って、茜は精一杯笑ってみせた。

「わたしにとっては、亡くなった父や母といた場所と同じ家族のいる、とても大切な場所です」

これまで発表を終えた生徒たちと同じように、拍手を浴びながら、茜は絵を外して席に戻った。胸がドキドキとうるさい。

でもこれを勇気と呼ぶのかもしれなかった。

隣から瑞穂《みずほ》がこっそり話しかけてくれる。

「きれいなとこだね、七尾さんの家」

茜は一つ息を呑んで。

「──そうでしょ！」

そうしてもう一度、めいっぱい笑ってみせたのだ。

二　蛍の音

1

六月の初旬にしては、うだるような暑さが続いている。ここ最近は夜になっても一向に気温が下がらず、まるで夏を先取りしたかのような蒸し暑さだった。

茜《あかね》とすみれは、明かりを消したリビングでじっと身をひそめていた。ソファにもたれるように二人で床に座り込んでいる。

そこから見えるリビングの窓は開け放たれていて、庭を通り抜けるわずかな風に、カーテンがゆらりと揺れた。その隙間《すきま》から夜の闇に沈む庭の姿がぼんやりと見える。

雨戸も、窓すら閉めずに眠りにつくのは、いささか不用心だと茜はため息をついた。

表の立派な門に鍵がかかっていることと、高い塀《へい》に取り囲まれていることで、青藍《せいらん》も陽時《はるとき》もあまり戸締まりに頓着《とんじゃく》しない。

カーテンの隙間から外灯の淡い光が、仄《ほの》かに差し込んでくる。

本当ならすみれはとっくに、茜もそろそろ眠っている時間だが、二人がここで身をひそめているのには少々わけがあった。

「――まだかな」

沈黙に耐えきれなくなったすみれが、そわそわと口を開いた。茜が慌《あわ》てて唇に人さし指を当てる。

「しー。気づかれちゃうよ、すみれ」

今日こそは絶対につかまえるのだと。茜はすみれと顔を見合わせてうなずいた。

──かたり。

小さな音がして、茜とすみれは視線を交わした。

暖簾《のれん》を上げるぱさりという音。床を踏むぎしりという音。足音は迷わずキッチンへ入って、水を飲むでもなく明かりをつけるでもなく、まっすぐ冷蔵庫へ向かった。

そして冷凍庫の引き出しを開けて、がさりと袋のこすれる音が──。

「こらー！」

すみれが叫んで、ぱっと駆け出した！　影に向かってぴょんと飛びかかる。

「うわっ！」

その叫び声とほとんど同時に、茜がキッチンの電気をつけた。

ぱっと明るくなった先で、すみれにがっしりと抱きつかれた青藍が、目を丸くしてこちらを見つめていた。冷凍庫の引き出しが大きく開けられている。

その手からごろっと床に転がり落ちたのは、十本入りで四百円のアイスキャンディだっ

た。濃い紫色だからブドウ味である。

すみれが勝ち誇ったように、青藍を見上げてにっと笑った。

「やっぱり青藍だ！」

青藍が気まずそうによそを向いた。その表情は隠しごとがばれた時のすみれにそっくりで、茜は思わず笑いそうになってしまう。

「青藍さん、夜中にこっそり食べてますよね。アイス」

しばらくの沈黙があって、やがて観念したように青藍がもそり、とうなずいた。

——だって最近暑かったから、というのがアイス窃盗犯の証言、もとい言い訳であった。

「それなら、ちゃんと言ってくださいよ。買い置きを増やしますし」

明かりのついたリビングで、茜はソファの前のテーブルに、麦茶を三人分置いた。

だらっと足を投げ出してソファに座る青藍の隣で、すみれがこれ見よがしにブドウ味のアイスキャンディを頬張っている。それが最後の一本で、青藍がどことなく恨めしそうにその様子を見つめているのがおかしかった。

最近ボックス入りのアイスキャンディを買い置きしていたのだが、妙に減りが早いと気がついたのはすみれだった。

一人一日一本のルールなのにずるい、というすみれの主張のもと、夜中にこっそり盗み

食いをしているであろう犯人を捕まえることとなったのだ。

からりと氷の音が鳴る麦茶を一気に飲み干した青藍が、ひとごこちついたように窓の外を見やった。

「いきなり暑なったな……」

「ひとまず今週までみたいですよ。もうすぐ梅雨《つゆ》入りです」

その後は長い京都の夏が来る。蒸し暑く風のない盆地の夏だ。

茜は青藍の目の下が、うっすら青くなっているのに気がついた。そういえば夕食もいつもより箸《はし》が進んでいなかったように思う。

「夏バテですか？」

そう問うと、青藍がぎゅうと眉を寄せた。

急に暑くなって、体がついていかなくてこたえているのだろう。今でこれなら、本格的な夏になったころには一歩も動けなくなりそうだ。

「去年までどうしてたんですか？　この時季食べれそうなものがあるなら、作りますよ」

茜がそう言った時。

青藍がふいに息を呑んで。そうして、困ったようにつぶやいたのが聞こえた。

「――……暑いとか、寒いとか。あんまり覚えてへんな」

温度のないかすかなそれに、茜はぎゅっと心臓をつかまれたような心地がした。

この邸《やしき》には、かつて月白《つきしろ》という人がいた。この邸の以前の主《あるじ》であり青藍の師であった。

京都《きょうと》には東院《とういん》家という古い絵師の一族がある。

重い伝統としきたりで縛られた一族で、青藍はその先代当主、東院宗介《そうすけ》の次男だ。長男の珠貴《たまき》とは十四歳差の、母親違いの兄弟だった。

その出自と——そして花開いた絵の才能を疎《うと》まれて育った青藍は、小学生のある日、月白に連れられて家を出た。そうして転がり込んだのがこの月白邸《つきしろてい》だ。

月白はその本名を、久我若菜《くがわかな》といった。

ここはそのころ『結扇《ゆいせん》』という名の扇子屋《せんすや》で、遡《さかのぼ》れば東院家の分家である。月白は若いころにその商売と久我の名を継いだそうだ。

——その月白は六年と少し前の冬に亡くなった。

職人や芸術家たち、好き勝手入《い》り浸《びた》っていた住人たちが、一人、また一人と月白邸をあとにする中。

久我の名字と月白邸を受け継いだ青藍は、巡る季節も庭を渡る風の涼やかさも、空の青さも萌《も》える緑のにおいも忘れて。ただ酒を手に、月白を失った日々を過ごしていた。

月白が死に際《ぎわ》に遺《のこ》した、課題ともいえる絵を見つめ続けながら。

それが去年の夏までの青藍だ。

茜とすみれが青藍に出会ったのは、それからしばらくした秋口のことだ。それから半年と少し。青藍と茜とすみれと、そして陽時はぎこちないながらも、なんとか家族として過ごしてきた。

お互いに失ったものを埋め合わせているだけなのかもしれない。それでもこのあたたかく穏やかな生活がいつまでも続けばいいのにと茜は思う。

青藍がカーテンの隙間、窓の向こうに緑の生《お》い茂る夜の庭を見てぽつりとつぶやいた。

「――今年は、ほんまに暑いなあ」

注ぎ足した黄金色の麦茶を飲み干して、どこか満足げに青藍が笑った時。茜は胸の奥がきゅうと痛くなるのを感じた。

こうして少しずつ、一歩ずつ。

わたしたちは、季節の愛《いと》おしさを思い出していくのだ。

うんざりするような暑さが一度落ち着いて、梅雨との狭間《はざま》の爽《さわ》やかな季節が舞い戻ってきたころ。

月白邸を三木涼《みきりょう》が訪れた。

今年二十四歳になる青年で月白邸の元住人だ。身長は茜と同じくらい。濃い茶色に染めた髪を短く整えて、耳にいくつかピアスを通している。

やや幼さを残した顔立ちをしているせいか、それともその挑むような目つきのせいか、茜にはどうにも同い年ぐらいに見えて仕方がない。スーツが学生服に見えるとは、とても口には出せなかったが。

涼は株式会社ＥａｓｔＧａｔｅという、広告代理店の営業である。

イベントや宣伝事業にアート作品が必要な時、涼は青藍に仕事を持ってくる。あいつの仕事は悪くない、と青藍に言わせることができるのは、茜の知っているかぎり涼ぐらいのものだった。

表門に迎えに出ると、涼は挨拶《あいさつ》もそこそこに、手土産《てみやげ》らしき風呂敷包みをぐいっと茜に押しつけた。気の強そうなつりがちの目が、じろりとこちらを睨《にら》みつける。

「お前、青藍さんに迷惑かけてへんやろうな」

涼は一言で喩《たと》えるとしたら、青藍の番犬だ。

高校生の時に月白邸にやってきた涼はそれ以来、青藍に懐《なつ》いている。それはもう犬が飼い主《ぬし》を慕《した》うように見えるほどで——そして青藍のことを人一倍気にかけているのも、この涼だった。

だから涼の後ろからもう一人、その人物が姿を現した時、茜は少し驚いたのだ。涼が誰か他人をここに連れてくるのは、とても珍しいことだから。

黒い日傘を差したその人は、すらりと背の高い女性だった。

肩のところで外はねにした艶《つや》のある黒髪、日傘を握る手は抜けるように白い。踝《くるぶし》まで覆《おお》い隠す白色のワンピースの裾《すそ》からは、サンダルのゴールドのストラップが、白い足首に映《は》えていた。

長い睫《まつげ》の下からやや茶色みがかった淡い瞳がのぞく。かたむけた傘《かさ》の脇からじっと空を見上げて、まぶしそうに目を細めていた。

「ほら」

涼が彼女の肩を軽く叩いて、何か言うよう促《うなが》した。思い出したかのように傘を畳んだその人は、にこりともせずにじっと茜を見つめている。

ややあって、その薄い唇を開いて。

そして挨拶もなしに言い放ったのである。

「暑いから早く中に入れて」

隣で涼が、げほっとむせたのがわかった。

——彼女は、井原奏歌《いはらかなた》と名乗った。

奏歌はピアニストだ。

来週、京都のオーディオメーカーが主催する、創業五十周年記念のピアノコンサートが開かれることになった。涼の会社もその運営に一枚噛んでいるという。

コンサートは『夏の京』と銘《めい》打《う》たれ、三人のピアニストを集めてそれぞれ独奏で一曲、そしてピアノ三台による協奏曲を披露《ひろう》することになっていた。

演奏者として呼ばれたのは、今注目の若手ピアニスト三人。その中で最年少——二十歳《はたち》にして天才と謳《うた》われているのが、この井原奏歌だった。

小学生のころから国内外のコンクールで数々の入賞を果たした奏歌は、高校卒業後にドイツに留学した。そして今はこのコンサートのために一時帰国中だそうだ。

涼の説明を茜が目を丸くしながら聞いている間、その天才ピアニスト本人は、リビングに入るなり勧《すす》められもしないままに我が物顔でソファに座っていた。細い足を組んで茜を見上げてくる。

「ねえ、あなた誰?」

茜は戸惑《とまど》ったようにソファに座る奏歌を見下ろした。

「えっと……七尾《ななお》茜です。ここに住まわせてもらっています」

初めまして、とそういえば言えていなかった挨拶を添えると、奏歌はふうん、と興味な

さそうにつぶやいた。ぱたぱたと暑そうに、手で自分の顔を扇《あお》いでいる。

その仕草がどことなく幼く見えて、すみれみたいだなあと思っていると、ふいに奏歌が顔を上げた。

「ねえ、あたし喉渇《のどかわ》いたんだけど」

「あ……すみません」

そういえばそうだった。確かアイスコーヒーの作り置きがまだ冷蔵庫にあったはずだと、茜はキッチンへ向かった。

グラスを三つ用意して、たっぷりと氷を入れたそれにコーヒーを注ぐ。からりと氷が触れ合う涼しげな音が耳に心地良い。

盆にのせたグラスをテーブルの上に置くと、奏歌が早速手を伸ばした。一口、口をつけて、唇をきゅうと閉じて渋い顔をした。それもまた、すみれが嫌いなものを口にした時によく似ている。

「コーヒー嫌いなの。悪いけど紅茶にしてくれない？　濃いめに煮出したやつがいいな」

奏歌が投げ出すようにグラスを置いた。コーヒーの苦みがまだ舌に残っているのか、眉根がぎゅっと寄ったままだ。

あっけにとられた茜が、その場から動かないのを不審に思ったのだろうか。奏歌は長い

睫をぱちりと上げて、茜を見上げた。

「何してるの？　七尾さんてここの居候なんでしょ。なら、お客様のおもてなしぐらいちゃんとしたほうがいいんじゃない？」

はらはらと事のなりゆきを見守っていた涼が、がまんできなくなったのか、とうとう声を上げた。

「おい、奏歌──」

その瞬間だった。地を這《は》うような低い声が、リビングに響いた。

「──今すぐに、そいつを外に放り出せ」

振り返った茜の隣で、涼がぴょんっと立ち上がる。唇をひくひくと引きつらせて恐る恐るつぶやいた。

「……青藍さん」

その視線の先、リビングの入り口で青藍が、そしてその背に隠れるようにすみれが、じっと奏歌を睨《にら》みつけていた。

──異様な緊張感である。

リビングのソファで、茜は隣に座った青藍をちらりと見やった。

不機嫌さを隠しもしない青藍の隣には、ふてくされたようなすみれが座っている。膝《ひざ》に両手を乗せて、なんとかお客様の前での行儀良さを保っているものの、その目はじろりと奏歌を睨みつけていた。

向かい側には、このぴりぴりとした空気を気にする風もなく、いつになっても出てこない紅茶に口を尖《とが》らせている奏歌と、肩をすくめていつもよりいっそう小さくなっている涼がいた。

「どういうつもりや、涼」

青藍の限界まで低くなった声に、涼がその肩をびくっと跳ね上げた。

「ほんまにすみません」

涼が膝に両手を置いて深々と頭を下げた。完全に縮こまっていて、耳と尻尾がしゅんと垂れているようにも見える。叱《しか》られた柴犬みたいだなあと茜はのんきにそう思った。

涼の隣で不機嫌そうに唇を結んだ奏歌は、つん、と涼からも青藍からも視線を逸らして、組んだ足に頬杖《ほおづえ》をついていた。

青藍の着物をぎゅっと握りしめたすみれが、うつむいたままぽつりと言った。

「……すみれ、その人のこと好きじゃない。茜ちゃんとすみれは……居候じゃないもん」

茜は胸の奥が締めつけられるような気持ちだった。

すみれはいつも明るい。両親が亡くなったことも、自分たちが少し特別な家族であることも、関係ないかのように振る舞っている。

けれど心のずっと底では、すみれもこの関係性を不安に思っているに違いないのだ。

茜がいつだってそうであるように。

すみません、ともう一度頭を下げたのは涼だった。膝の上に置かれたその両手をぐっと握りしめる。

「こいつの無礼はおれが謝ります」

奏歌がちらりと涼の方を向いた。それから少しばかり気まずそうに、そろりと組んだ足を下ろす。涼がほら、と促すように奏歌の背を叩いて、そうして言った。

「少しだけでええんです。奏歌の話を聞いてやってもらえへんやろうか」

どうして涼は、奏歌をここへ連れてきたのだろうと茜は思う。

月白邸は青藍の場所だ。青藍にとってためにならない人間を、涼は絶対にここへは連れてきたりしない。

涼のその表情があまりにも真剣で、それを見た青藍が、何も言わないまま不機嫌そうに小さく嘆息した。

それを了承と取ったのだろう。涼がぽつりと口を開いた。

「この間、青藍さんにお願いした扇子のことなんです」

涼が自分の鞄《かばん》から細長い箱を取り出して、ソファの前のテーブルに置いた。慎重に開くと、そこには真新しい扇子が一本納められている。

艶のある大ぶりの飾り扇子だった。

──その扇子には『夏の蛍《ほたる》』という名前がついていた。

来週開催される記念コンサートでは、夏をモチーフにした伝統工芸品をロビーに飾ることになった。その手配を任された涼はいくつかの工芸品のうち扇子を青藍──絵師『春《しゅん》嵐《らん》』に依頼した。春嵐は青藍の絵師としての号である。

この扇子はすでに完成して、先んじてコンサートホールに展示されているものらしいのだが、涼の権限で借りてきたのだという。

「茜」

そう呼びかけられて、茜は青藍を振り仰いだ。視線がその扇子を指している。

「いいんですか?」

青藍と涼が二人うなずいたのを確認して、茜は箱からそっとその扇子を手に取った。

艶のある黒塗りの親骨が手につるりと心地良い。ぐっと力を込めると、ぱきぱきと音がして真新しい扇子が弧を描いて広がっていく。絵具と紙のにおいがした。

ほろり、と淡い光がこぼれたような気がした。

蛍だ。

ほろり、ほろりと淡く黄緑色に輝いて、夜を飛んでいる。

背景は淡い紺色で、空には月が雲に隠されて薄くけぶっている。柳《やなぎ》がその針のように細い枝葉を幾本か、ゆらゆらと風に遊ばせていた。

柳の下には細く流れる川がある。それは淡い空の月を、ゆらりと崩してうつしだしていた。そのずっと奥に、石造りの細い一本橋がすらりと川をわたっている。

夏の夜の、美しいほんの一瞬を切り取ったかのようだ。

すべての色が深く淡く、どこか夜の夢のようであるのに、さらさらと川の流れる音や、揺れる柳の葉擦《はず》れの音が聞こえてきそうな心地さえする。

茜はほう、とため息をついた。

「……きれいですね」

「当たり前や、ぼくの作った扇子やぞ」

どこか得意げな顔をした青藍が、ソファの背にもたれて腕を組んだ。

青藍は自分の腕を謙遜《けんそん》しない。

自分が描いたものが、この世で一番美しいと知っているからだ。

茜は青藍の絵を知って、本当に美しいものには、美しいとしか言葉が出ないと身に染《し》みてわかった。

青藍の絵には、それだけの力がある。

やがて奏歌が音もなくソファから立ち上がった。茜の傍《そば》にやってきて、手元をじっとのぞき込む。その黒髪がさらりと揺れて、初夏の木々のような爽やかな香りがした。

「……あたし、この場所を探しているの」

奏歌が扇子から視線を離すことなく、ぽつりとそう言った。

白い指先がさらりと黄緑色に揺れる蛍に触れる。ほっそりとした体つきに似合わず関節がごつごつと節くれ立っていて、どことなく分厚く見える。爪は丁寧《ていねい》に切られていた。

ピアノを弾《ひ》く人の手なのかもしれないと茜は思った。

奏歌がまっすぐに青藍を見つめた。

「ここはどこなの？　教えて」

その瞳が一生懸命で、そしてどこか言いようのない不安に揺れているように、茜には見えた。

しばらく眉を寄せていた青藍が、やがてため息とともに首を横に振った。

「ぼくもよう知らへん――」

青藍がちらりと茜の持っている扇子に視線を向けた。

「それはツキバンやさかいな」

茜はまじまじとその扇子を見つめた。

つき版――ツキバンやツキハンとも呼ばれるそれは、木版による扇子の絵付けの方法の一つである。絵が彫り込まれた判子のような版木を、いくつも組み合わせたり重ねたりして絵をつける方法だ。

同じ絵柄を何枚も作る際に使うものだが、使う絵具や微妙な色の重なり、濃淡でまったく違う雰囲気になるのを、茜も知っている。

言われてみれば、その絵は筆で描いたにしてはどこか違和感があった。陰影が一直線で、色は混ぜられているというより重なっているように見える。

青藍の持っている版木は、月白邸が『結扇』だったころのものを、そのまま使っていたはずだった。

「色はぼくがのせた。でもその版木の絵は――」

青藍がほろりとこぼれるように言った。

「月白さんが描いたもんや」

今年の冬、つき版の版木を探す機会があった。かつて月白が作った扇子が持ち込まれた

ことがきっかけだった。

その時、版木を保管していたダンボール箱の底に転がっていたのが、この『夏の蛍』の版木だったそうだ。

見覚えもなく、他に比べるとずいぶん新しいものだったから、月白が趣味で作ったのか、いつか商品にするつもりだったのかはわからないと青藍が言った。

「涼から『夏』の扇子の依頼を受けた時――この版木のことを思い出した」

青藍の表情はどこか懐かしさを含んでいる。

茜の手の中で、藍《あい》色の空に浮かぶ美しい月白《げっぱく》が揺れた気がした。

だから、と青藍がため息交じりに続けた。

「月白さんがどこの川を描かはったんか、ぼくにはわからへん。ほんまにある場所なんか、それとも現実にはないところなんかも」

それを聞いて、奏歌が細く息をついた。脱力するようにソファの背に体をもたせかける。

「……そう。わかった」

長い睫を伏せてほんの少し震わせる。どこか諦《あきら》めたように、その口元には悲しげな笑みが浮かんでいた。

それがひどくさびしそうに見えて。茜は思わず口を開いていた。

「どうしてこの扇子の場所を探しているんですか？」

奏歌がわずかにためらって。そうして、やがてゆっくりと口を開いた。

「……おじいちゃんとの、思い出の場所なの」

その白い頬に伏せた睫の影が落ちた。

——祖父は、奏歌が小学生のころに亡くなった。

「あたし、おじいちゃんのこと大好きだったの」

その頃、大阪《おおさか》に住んでいた奏歌は、何か辛《つら》いことがある度《たび》に京都の祖父の家に駆け込んだ。

祖父はいつだって、奏歌の味方だった。

奏歌が祖父のことを思い出す時、一番心に残っているのは、そのあたたかくて大きな手だった。その手でいつも小さな奏歌の手を、ぎゅっと包み込んでくれるのだ。

——あの日も確かにそうだった。

奏歌がその夏の日のことを思い出したのは、練習のため小ホールを訪れた際、ロビーに展示されている『夏の蛍』の扇子を見た時だ。

夏の京都の夜、揺れる川面《かわも》に月がうつる。

ゆったりと風に柳の枝が揺れていて、蛍がぽつ、ぽつと飛び回る。

その光景をあの日たしかに、奏歌は祖父と見つめていた。

痛いほど握りしめられた手のあたたかさが、今もそこにあるようだった。

あの美しい光景を、どうして忘れていたのだろう。同時になぜか、胸の奥がひどく苦しくてさびしくて泣きそうになる。

そのさびしさの理由が知りたくて、奏歌は食い入るようにその扇子を見つめていた。

扇子の前で立ち尽くしていた奏歌に、声をかけてくれたのが涼だ。この場所のことを知りたいと言った奏歌に、涼はうなずいた。

「……涼が春嵐に会わせてくれるって。この場所のことを知っているかもしれないって」

でも、と奏歌はふるふると首を横に振った。

「もういいの……。見つからないのは、仕方ないから」

奏歌が唇に浮かべるその笑みは、何かを諦めてしまったかのように、淡く儚《はかな》い色をしていた。


――たまには紅茶も悪くないと茜は思う。

ポットに茶葉を入れて、沸騰した湯が少し冷めるのを待つ。お客様用のもらい物の高級茶葉なので、茜もいつもより少し緊張していた。

柔らかい葉に湯を注ぐ。

コーヒーとはまた違う、甘い香りがふわりと広がった。コーヒーの粉がふつふつと膨《ふく》れるように、ポットの中で茶葉がほろほろとほどけていく様を見るのも茜は好きだ。

グラスにたっぷりと氷を入れて、そこにポットから紅茶を注ぐ。

茜はキッチンから、カウンターの向こう側のソファを見やった。

奏歌と打ち解けたのは、意外にもすみれだった。

最初は警戒するように青藍の隣から離れなかったすみれだが、いつの間にか奏歌の横に座ってその話に夢中になっていた。

「——それであたし、水色のドレスを選んだの。ウエストのところが少し細くなってて、足首でふわっと広がるのがきれいだったな」

それを聞いたすみれが、これ以上ないくらいに目も口もまん丸に開いていた。

「それって、人魚姫みたいだ！」

確かにと奏歌が細い肩を震わせて笑う。くすくすと少し高めの声は、風で揺れる風鈴のように軽やかで涼しげだ。

「いいなあ、すみれも着たいなあ、お姫様のドレス！」

「いつかすみれちゃんも着られるよ。あたしも初めてあそこで着た時は、ちょっと大人に

なれた気がしてすごくうれしかったな」

奏歌が長い睫に縁取《ふちど》られた瞳をきゅう、と細めて懐かしんでいるのが、茜も聞いたことのないドイツのホールでのことで、わずか十歳の時だというのだから、ずいぶんとスケールの大きな話である。

漏《も》れ聞こえてくる奏歌の話には、必ず音があった。

ドイツの美しい町並みの、石畳を歩くからからとした音。真冬のノイシュバンシュタイン城に雪が降るはらはらとした音。学生の街ハイデルベルクに響く、賑《にぎ》やかな喧騒のこと。石畳の広場で踊りながら奏《かな》でられるヴァイオリン、小さなクリスマスマーケットの端で歌われる聖歌。大聖堂の見上げんばかりのパイプオルガンの、荘厳《そうごん》で震えるような音。

奏歌の瞳がずっと遠くを見つめる。

「――それを聞いていると天から音が降りてきて、あたしも音と一つになれるかもしれないと思うの」

どこか夢を見ているように、奏歌がそうつぶやいた。

その瞳の奥にちかりと灯《とも》る光を、茜はとてもよく知っているような気がした。

――奏歌の話が一段落つくのを見計らって、茜はアイスティーと、薄く青みがかったガラスの器《うつわ》をソファの前のテーブルに並べた。

涼からもらった手土産だ。

「おやつ!」

目を輝かせたすみれに、すかさず茜は言った。

「すみれ、三木さんにお礼は?」

すみれははっと背筋を伸ばした。涼とそれからガラスの器を交互に見て、なんだかきゅっと硬い顔をする。ややあって渋々といったふうにぺこりとお辞儀をした。

「……ありがとうです。いただきます!」

「はい、どうぞ」

涼がむっとしたまま言うと、隣で青藍がふと笑った。

「お前、まだすみれに懐かれてへんのやな」

「…………別に、七尾妹に好かれたて仕方ないですし」

そう言いながらもそれがなんだか少しさびしそうだったのが、申し訳ないような、少しおかしいような、そんな心地がする。

ガラスの器には、とろりとした黒色のわらびもちがたっぷりと盛られている。よく冷えていて、外から差し込む光をつやつやと反射していた。

コーヒー用の小さなミルクピッチャーに付属の黒蜜を、悩んだ末に使いやすいように、

大ぶりの猪口《ちょこ》にきなこをそれぞれ入れて、茜はテーブルの上に置いた。

「わらびもちだ、スーパーのじゃないやつ！」

「うわ、すみれ！」

茜は慌ててすみれの口を押さえた。途端に涼からじろりと視線が飛んでくる。

「お前、青藍さんにスーパーのわらびもち食わせてんのか」

「冷やすと美味《おい》しいんですって……」

涼にじろりと睨みつけられて、茜は肩をすくめた。あれはあれで茜も結構好きなのだ。

「確かに、あれは美味《うま》い」

青藍が珍しく真剣な顔でうなずいた。

青藍はあっさりとしたものが好きなので、あのパックのわらびもちを意外と気に入っていて、ストックしておくと勝手にもそもそと食べている。

変に几帳面《きちようめん》なところがあって、全部のわらびもちにきなこをまぶして、ころころと丁寧に纏《まと》わせてからやっと食べるという、いちいち手間のかかることをしているのを、茜も見たことがあった。

「――いや、あれも美味いですよね！」

涼があっさりと手のひらを返すものだから、茜は噴き出しそうになるのを、ぐっとこら

えた。

　こういうところがますます忠犬っぽく思えてしまうのだ。

　茜はすみれの横に座ると、ガラスの器に、いそいそと黒蜜をたっぷりかけた。黒文字《くろもじ》からとろりとしたたり落ちてしまいそうなほど柔らかなそれは、本わらびのわらびもちだ。

　慌てて口に運ぶと、濃厚な黒蜜が口の中でとろけていく。その後からわらびの香りときなこの香ばしさ、控えめな甘さが口いっぱいに広がった。

「……美味しい」

　思わずそうつぶやくと、涼がそうやろう、と得意げに笑った。

　きなこをまき散らしながら、柔らかなわらびもちに悪戦苦闘するすみれの横で、青藍が黙々ときなこをまぶしたそれを口に運んでいる。

　目の奥が輝いているから、あれはずいぶんと気に入っている証拠だ。ややあって、ちらりと涼を見上げた。

「涼、また買ってこい」

　その瞬間、涼の顔がぶわっと輝きを増した。

「はい！」

　その隣で奏歌が呆《あき》れたように肩をすくめていた。

「なんか……涼って、舎弟とか子分みたい」

それがぴったり当てはまりすぎて、茜は今度こそこらえきれずに、奏歌と二人で目を見合わせて、ふふっと噴き出したのだ。

その奏歌の顔が曇ったのは、空が夕暮れの淡い橙色《だいだい》に染まるころだった。

「――奏歌、時間」

涼がちらりと時計を見て立ち上がった。すみれに自分の弾いたピアノの動画を見せていた奏歌が、ぐっと唇を結んだのが見えた。それから、ふいと視線を逸らす。

「あたし、もう少しここにいようかな。茜ちゃん、晩ご飯一緒に食べていい？」

この短い時間で、茜もすみれも奏歌から名前で呼ばれるようになっていた。

かまわないけれど、と茜が返事をしようとすると、それを遮《さえぎ》るように涼が首を横に振った。

「夜は練習やろ。みんなが待ってる」

コンサートは週末に迫っている。独奏だけではなくピアノ三台による協奏曲が予定されていて、主にその練習をしているのだそうだ。

奏歌がわずかにうつむいた。

「……行かなきゃだめかな」

音楽の話をしていた時とはうってかわってひどく暗く、重苦しい声だった。

涼が座ったままの奏歌の肩に、そっと手を置いた。

「——約束やろ」

それを聞いた途端、奏歌がぴく、と小さく震えた。足の裏にしっかり体重をかけるように、ゆっくりと立ち上がる。

「うん。……約束」

その言葉がひどく不安げに揺れているのが、茜にはわかった。


奏歌を乗せた車が、滑るように塀の向こうに消えていくのを見送って、涼が肩の荷が下りたというようにほっと息をついた。

涼とともに見送りに出ていた茜は、夕暮れに照らされた庭を母屋《おもや》に向かって歩き始めた。

母屋の玄関までは石畳が続いている。夏の下草が青々と隙間から伸びていて、今にもすべて覆い隠してしまいそうだった。

「……悪かったな。奏歌が阿呆なこと言うて」

母屋の玄関の前で、涼がぽつりと言った。

「ああ、いえ」

茜はふと思い出して、ふふっと笑った。

「そう言えば、三木さんにも最初、言われたことがありましたね」

途端に涼が苦々しげに視線を逸らした。

月白邸に来たばかりのころ、茜とすみれはここに勝手に入り込んでいると思われて、涼に散々な言われようをされたのだ。

「……あれも悪かった」

ふてくされたように苦い顔をした涼を、茜は決して嫌いになることができない。涼は何よりこの場所と、そして青藍を大切にしているともうわかっているから。

月白邸の木々が夕日に炙《あぶ》られていく。東山からゆったりと帳《とばり》が降りるように、藍色が空を覆い始めていた。

黄昏《たそがれ》はもう、夏の色をしている。

涼がその暮れる空をじっと見上げていた。

「──……奏歌は人との関わりかたをよう知らへんのやと思う」

幼いころにその才能を開花させた奏歌は、両親からの期待を一身に受けて練習漬けの日々を送っていた。国内外のコンクールと発表会を行き来する生活が続き、結局友だちと呼べる人間はほとんどできなかった。

だからか、と茜はどこかですとんと納得した。

奏歌の距離感はすみれとよく似ている。無邪気で少し幼くて、そしてとても素直だ。思ったままを口に出して——けれどそれでは上手《うま》くいかないことも、きっと気がついているのだろう。

時々気まずそうによそを向く奏歌の様子を思い出して、茜はそう思った。

「……あいつ、よう見てられへん」

誰にともなく、涼がそうつぶやいた。

涼がどうして奏歌をここへ連れてきたのか、茜には少しわかったような気がする。

たぶん、青藍と似ているのだ。

美しい音楽のことを話す時の奏歌の瞳に、輝く光を見た。

——あれは絵を描いている時の青藍と同じだ。

奏歌もきっと、普通の人が歩いたことのない路《みち》を、たどってきた人なのだと思う。

己《おのれ》の腕だけを道しるべに、美しいものだけを追い求めて。誰も彼も置き去りにして。

高く高く——手を伸ばした先で、結局ひとりぼっちになっている。

そういう不器用なところが、とても似ている。

涼はきっと、そういう人を放っておけない性分《しょうぶん》なのだ。

ぶっきらぼうでも口が少しばかり悪くても、本当は気遣《きづか》い屋で優しくて、そうして他の月白邸の住人と同じように、青藍を深く心配している。

そしてきっと、同じ路を歩もうとしている奏歌のことも。

四角く切り取られた扉の向こうから、ずいぶんと柔らかくなった夕暮れの橙色が、藍色を溶かしながら入り込んでくる。

涼が見つめているのは、東山。藍色の夜がやってくる方だ。

その瞳に夜の帳が広がっていくのが見える。涼はその彼方《かなた》にきっと、六年と少し前に、青藍が失ったものを見ているに違いなかった。

2

青藍《せいらん》の部屋である離れは、リビングから細い塀《へい》のような渡り廊下で繋がった先にある。

茜《あかね》はすみれが寝入ったのを見計らって、青藍の部屋を訪れた。

手にした盆には酒の肴《さかな》をいくつかのせている。夕食の時に青藍が、夜遅くまで仕事をするようなことを言っていたので、こういうものがいるだろうと思ったのだ。

小アジのみりん干しを軽く炙《あぶ》ったものをガラスの小鉢《こばち》に、その横の皿には淡い水色の和

紙を敷いて、甘さ控えめの柚《ゆず》の琥珀糖《こはくとう》を五つか六つ。

白磁の皿には、空豆をゆでて皮を剝《む》いたものをのせて、塩を添えた。

ふっくらとして大粒の空豆は、月白邸《つきしろてい》に定期的に届くダンボール箱の中から見つけたものだ。全国あちこちから季節の食材が入って届くそれは、かつての月白邸の住人たちが、青藍のことを心配して送りつけてくるものだった。

青藍の部屋は二間続きになっている。手前が仕事部屋、奥が寝室で、茜が離れに着いた時には縁側から奥に繫がる障子《しょうじ》までが、風を通すようにすべて開け放たれていた。

爽《さわ》やかな白檀《びゃくだん》の香りに、夏の庭の青いにおいが混じる。それからその奥にふと感じる美術室のような独特のそれは、絵具と膠《にかわ》のものだ。

半年でずいぶんと慣れてしまったそれは、今や茜の心をほっと落ち着かせてくれる。

青藍は仕事場の大きな机を脇に寄せ、畳を二枚引っ張り出してその上に座していた。隣には陽時《はるとき》がいて、茜に気づいて顔を上げた。

「茜ちゃん、こんばんは」

「陽時さん！　帰ってたんですね」

夕食の時にはいなかったから、今日は帰りが遅くなるか、月白邸に戻らない日かと思っていた。

最近、陽時は帰りが遅い。朝も早くから出ていったかと思えば、夜半過ぎに帰ってくる。月白邸に戻らないことも多く、先月まではほとんど毎日一緒にいたのに、ここ最近は週一、二度顔を見るかどうかだった。

陽時が手の中で紙に包まれた何かの塊《かたまり》を転がしながら、むっと口を尖《とが》らせた。

「帰ってきた途端、青藍につかまったんだよ」

「人手がいったさかいな」

青藍が茜の持ち込んだ盆を、いそいそと己《おのれ》の近くに引き寄せた。傍《かたわ》らには酒の用意もしてあるから、案の定飲むつもりだったのだろう。夏らしいガラスの猪口《ちょこ》には、白濁した酒が注がれている。とろりと重たく揺れるそれから、甘い米麴《こめこうじ》の香りがした。

「陽時さんもどうぞ」

箸《はし》も添えてあるが、ちょうど手でつまめるものばかりだ。茜がそう言うと、青藍が眉間に皺《しわ》を寄せた。

「茜がぼくに持ってきたもんやぞ、しゃあないから分けたらんでもないけどな」

「……お前、ケチケチすんなよな」

陽時が呆《あき》れ顔で、これ見よがしに大粒の空豆を口に放り込んだ。

茜は青藍の傍らに置かれていたダンボール箱をのぞき込んだ。中には、新聞紙や書き損

じの反故紙《ほごし》に包まれた、何かの塊がごろごろと詰め込まれている。

「つき版ですか？」

茜が問うと青藍が猪口を手に小さくうなずいた。

その箱はかつて月白邸で使っていた、版木《はんぎ》が入ったダンボール箱だった。

わけもわからずに手伝わされていたらしい陽時が、不思議そうに尋《たず》ねた。

「なんでまた、急に版木なんか整理してんのさ」

――茜は涼《りょう》と奏歌《かなた》のことを陽時に話した。コンサート会場のロビーに展示される扇子《せんす》の製作を、青藍が涼から依頼されたこと。青藍が、『夏の蛍《ほたる》』という扇子を作ったこと。そしてそれを目にした奏歌が、祖父との思い出であるその場所を知りたいと言ったこと。けれどその扇子はかつて月白《つきしろ》が描いたつき版を使っていたので、その場所を青藍も知らないこと。

「それで、その場所を探してやってんの？」

陽時が問うと、青藍がどこか困ったようによそを向いた。

「涼がああいう頼みごとしてくるのも、珍しいからな」

青藍があれこれと悪態をついていても、結局涼のことを気にかけているのを、茜も知っている。

それは涼がかつての自分をとても心配していたことを――青藍もわかっているからだ。

「それに――」

青藍がふと酒を呷《あお》る手を止めた。

開け放たれた窓から、庭に視線を投げる。

「……月白さんが描いた場所を、ぼくも知りたくなった」

青藍が手のひらで、版木を一つ転がした。

つき版の版木は、色や描かれているものごとにパーツが分かれている。版画や判子のようにそれを組み合わせて押すことで、一枚の絵になるのだ。

扇子の元となった版木は全部で四つ。青藍が一つずつ、まるで壊れ物でも扱うようにそっと畳の上に置いた。

空に浮かぶ月と薄雲、風に揺れる柳《やなぎ》の木、流れる川と一本橋。そして蛍。

ほら、と差し出されたそれを、茜は恐る恐る受け取った。

木の塊はなめらかに磨かれていて、ところどころに絵具や墨の跡が残っている。茜の手に収まってしまうほど小さかった。

ひっくり返すと、ぽつりと淡い光が灯《とも》ったようだった。

蛍の版木だった。

最後に使った絵具が、鮮やかに染《し》み込んでいる。青藍がのせた色だった。

淡い黄緑色だ。その周りにふわりと広がるように、白色や薄い青が重ねられていた。

——その奥に別の色がある。

以前使われた色が、木に染み込んで残っているのだ。

淡くぼかされたような薄い青と、それからほんのわずかな金色だろうか。それから闇に溶けるような深い濃緑。

「これは……月白さんの色ですか?」

茜が顔を上げると青藍のその瞳が、懐《なつ》かしそうに細められているのがわかった。

——扇子作りは分業制だ。紙職人から紙を、それを絵師に回して絵を描いてもらい、回収して折る。扇骨《せんこつ》職人からは扇骨を、それを集めて一つに組み立てて卸《おろ》すのが扇子屋『結《ゆい》扇《せん》』の生業《なりわい》だった。

当時の結扇は月白が絵師だったことや、職人や芸術家たちが入《い》り浸《びた》っていたこともあって、本来は外の絵師に回すはずの絵付けを、月白邸で行っていたこともあった。

例えば年に数度、少量だけ作る定番と呼ばれる季節ものの扇子だ。

その時に使われていたのがつき版だった。

春の定番は『花散る』と名のついた桜の柄。月白は毎年、その花の色を、早咲きの桜を

見てから決めていたそうだ。

たとえ同じ版を使っていても——毎年同じ色で咲く花はないのだからと。

きっと蛍もそうなのだと、茜は思う。

外灯に照らされているもの、月光のもと、夕暮れ時に一足早く飛び始めてしまったもの、真夜中にぽつりと瞬《またた》くもの。

さびしい時とうれしい時。

見る人によっても、心持ちによってもきっと色を変える。

だからつき版にはその年の色が、その人が見た色が——その人の心が、こうして塗り重ねられていく。

季節の移ろいも心の移ろいも、みなここに重なっている気がして。

茜はそれがとても好きなのだ。

青藍が、茜の持っていた蛍の版木を取り上げて裏返した。そこに油性ペンで小さく数字が書かれているのがわかる。

「ここに、『一』てあるやろ」

月白の字だと青藍が言った。他の版木にもそれぞれ数字が振ってある。

空と月が『二』、流れる川と橋が『三』、風に吹かれる針のように細い柳の枝には『四』。

けれど、と青藍が手の中でころりと蛍の版木を転がした。青藍の瞳の色が、その輝きを増していく。

「——もしかしたら、この絵には続きがあるんかもしれへん」

青藍の言葉に、茜と陽時は顔を見合わせた。

「でも、版木はそれで完成してるんだろ」

陽時が首をかしげた。版木を重ねたり組み合わせて完成させる性質上、抜けている部分があれば、絵のその部分だけ不自然に空白になる。

一番から四番の版木を組み合わせて、茜も小さくうなずいた。青藍の作り上げた『夏の蛍』の絵は確かに完成していて、これ以上、版木が必要とは茜も思えない。

だが青藍は納得いかなさそうに、二番——月の版をかざした。ぽかりと浮かぶ月の下に、一筆で刷《は》いたような薄雲が描かれている。

版木にしやすい簡素な線だが、月にはほの青い月白《げっぱく》が、薄雲には淡い藍《あい》色が使われていて、これが紙にうつれば十分に美しい宵《よい》の月だとわかる。

青藍がその薄雲にそうっと指先を触れた。

「——ぼくの色の向こうに、赤が見える」

茜は瞠目《どうもく》して、青藍の隣から手元をじっとのぞき込んだ。

薄雲にのっているのは、青藍が使った宵闇の藍色。月に近いところから月白が滲《にじ》んでいるのがわかる。

その向こうには確かに、かつて月白がのせた色が重なっているのだろう。

ここ、と青藍が薄雲の端を指した。陽時が青藍の反対隣から手元をのぞき込んだ。

「……言われればわかるって感じだね。朱か紅《べに》……混ざって藤色にも見えるかな」

茜はじっと目を凝《こ》らした。

確かに薄雲の端には、言われればわかる程度の淡い赤が滲んでいる――ような気がする。

「よくわかりますね、青藍さん」

茜は半ば呆れたようにそうつぶやいた。

青藍の色に対する感度の鋭さは、相変わらず常人から離れたところにあると茜は思う。

あるいはそれが――月白の残した色だからだろうか。

青藍が何かに吸い込まれるように、その赤をじっと見つめている。

「月白さんは、この版木に確かに赤を使ったはった」

あとは、青藍の直感だった。

もしかしたらこの宵闇の空の先に描かれた、何かがあるのかもしれない。それはきっと鮮やかな赤色をしている。

「確証はあらへん。でももしそうなら──」

黒い瞳の奥が、好奇心に輝いているのがわかる。

この青藍の瞳が、茜は好きでたまらない。

「ぼくはそれが見たい」

まるで美しい世界をすべて呑み込んでしまいたい、というかのように見えるから。

ややあって、陽時が、ふ、と嘆息した。

「じゃあ、がんばって探さなきゃね」

部屋にはつき版のダンボール箱が積み上がっていて、その中からいくつあるかも──本当にあるのかもわからない版木を探すのは大仕事だ。

けれど陽時のその口元には呆れたような、けれど仕方ないなあとでもいうような笑みが浮かんでいた。

一つ一つ包んである紙を外して絵柄や記号、数字を確かめていく。

『朝顔』『雪うさぎ』『若竹』などと定番品の名前が書かれているものもあれば、乱雑に新聞紙に包まれて放り込まれているものもある。色ごとに細かくパーツが分かれているものは、組み合わせてみるまで、何が描かれているのかわからないものすらあった。

結局すべての箱を開け終わったのは、夜もずいぶん更《ふ》けたころだった。

「……これで全部じゃない？」

陽時がややげんなりした様子で、両手を後ろについて天井を仰いだ。

「やっぱりあったんや」

青藍の声が、こらえきれないかのようにどこかうわずっている。

畳の上には、新しく見つかった版木が全部で五つ。数字は五番から九番が振られていた。

茜が目の前の版木をひっくり返す。

「でもこれ、何の絵柄なんでしょうか」

六番のそれには、細い線のようなものが縦《たて》にずらりと並んでいた。染み込んだ色は確かに紅や赤が使われているように見える。

青藍がそわそわと立ち上がった。

「そんなん、組み合わせてみたらわかるやろ」

言うが早いか絵具棚から絵具の瓶をいくつかつかんで、コンテナから皿を引っ張り出した。片手で筆を探しながら、目は手元の版木に惹《ひ》きつけられている。

「何の赤や、ずいぶんくすんだ色を使《つこ》たはるけど……奥は朽葉《くちば》か。樺《かば》色か赤銅《しやくどう》みたいなちょっと茶色寄りやろか」

ぶつぶつとつぶやきながら、こちらを見もせずに言い放った。

「陽時、水」

はいはい、と立ち上がった陽時がため息交じりに肩をすくめた。

畳の上で色を吟味《ぎんみ》し始めた青藍は、もう茜も陽時も目に入っていない。並べた絵具と月白の絵のことで、きっといっぱいになっているのだろう。

黒曜石の瞳を輝かせて絵具をためつすがめつしている青藍を、茜はじっと見つめていた。

あの青紅葉《あおもみじ》の絵を描いている青藍を見た時に、茜は気がついたのだ。

青藍がこうして絵を描いたり、絵具に触れたりしているところを見るのが好きだ。

その瞳の奥に光が散って、絵に触れることそのものが愛《いと》おしそうで。

この美しい絵を描く人が、それを生み出す瞬間に、ひどく心惹かれている。

「——茜ちゃん」

ずいぶん長い間、青藍を見ていたのかもしれない。陽時に声をかけられて、茜ははっと顔を上げた。

「もう戻って寝た方がいいよ。どうせこいつ、こうなったら朝までこの調子だし」

陽時も眠たそうにふわ、とあくびを繰り返している。

空《から》になった肴の皿や器を盆にまとめながら、茜はふと陽時に問うた。

「陽時さん、最近お仕事忙しいんですか？　帰りも遅いことが多いですし……」

ここ最近、月白邸に戻ってくる頻度《ひんど》が減った陽時は、帰ってもすぐに部屋に籠《こ》もってしまう。時々リビングのテーブルに突っ伏して寝ていることもあるので、茜は心配していたのだ。

陽時があぁ、と少し困ったように肩をすくめる。

「大丈夫……」

茜はわずかに瞠目した。

いつもとろりと甘く優しい色をしている陽時の瞳に、ほんのわずか昏《くら》い色が落ちたような、そんな気がしたからだ。

「ちょっと仕事が忙しくてさ。ありがとうね」

それはほんの一瞬だった。その後はいつもの明るさでふわりと笑ってみせる。

やんわりと距離を置かれたのだと、そう思った。

陽時は何でもそつなくこなす上にとても器用だ。いつも優しくて笑顔で——けれど本当はとても柔らかで臆病な心を持っていることを、茜は知っている。

「ほら、もう戻りな」

そう促《うなが》す陽時はいつも通り甘やかで、本当の心を悟らせない。

「……おやすみなさい」

結局そう言うことしかできなくて、茜は盆を持って立ち上がった。陽時がひらひらと手を振って見送ってくれる。

「おやすみ」

その声は月白邸の庭に吹く穏やかな風のようでいて、ひどく乾いているように茜には思えた。

3

翌日、放課後になるかならないかというところで、茜《あかね》のスマートフォンに着信が入った。ディスプレイを見ると涼《りょう》からだった。

「――奏歌《かなた》がどこか行ってしもた」

電話に出るなり、涼の慌《あわ》てた声が飛び込んできて、茜は思わず息を呑んだ。

奏歌たち出演者は今日も昼過ぎから、借りていた小ホールで練習をしていたそうだ。だが休憩が終わっても奏歌だけが戻ってこない。

「おれらも方々探し回ってるんやけど、月白邸《つきしろてい》にいてへんか？」

「わたしまだ学校なんです。家には青藍《せいらん》さんがいると思います」

「もうかけた。あの人、携帯見はらへんから……」

そうだった、と茜は頭を抱《かか》えそうになった。

青藍のスマートフォンは充電が切れているか放置されているかで、こちらからの電話が繋がることは稀《まれ》だ。月白邸の固定電話への着信も、ほとんど無視している。

帰ったら連絡すると告げて、茜は電話を切った。

掃除当番もそこそこに学校を飛び出した時、再びスマートフォンが震える。涼からだろうかと思って表示も見ずに電話に出ると、途端に地を這《は》うような低い声が聞こえた。

青藍だった。

「茜、はよ帰ってこい」

そうしてぽそぽそと困ったように付け加えたのだ。

「……門の前に、あいつがおる」

――地下鉄東山《ひがしやま》駅から、ほとんど走るように月白邸に帰った茜は、リビングの暖簾《のれん》を上げてやっとほっと息をついた。

「よかった、見つかって」

リビングのソファには、そのすらりと長い足を組んだ奏歌が座っている。

茜が入っていくと一瞬ぱっと顔を上げたが、こちらを見てどこか落胆したように、膝《ひざ》に

頬杖《ほおづえ》をついてつんとよそを向いてしまった。

涼しげな素材の半袖《はんそで》のブラウスが、肩のあたりでふわりと揺れている。その眉間には深い皺《しわ》が寄っていて、ぐっと唇を結んだままだった。

「……遅い」

背後から聞こえたその声に振り返ると、恨みがましそうな青藍と目があった。

ソファから一番遠いダイニングテーブルの椅子に、その長い足を持て余すかのように座っている。できるだけ奏歌から離れたいけれど、放っておくこともできないからという、青藍の精一杯の距離感なのだろう。

腕を組んだまま、顎《あご》でソファを示した。

「押しかけてきた……」

ほとんど朝まで仕事部屋に籠《こ》もっていた青藍が、ちょうど起きたころ。これでもかというほど月白邸のチャイムを鳴らすものがいる。放っておくと今度は門の扉を叩き始めたので、鬱陶《うっとう》しくなって様子を見に行ったら、それが奏歌だったそうだ。

奏歌が頬杖をついたまま、ちらりと視線だけをよこしてその口を開く。

「あたしがあれだけ呼んだのに、出てくるのに二十分もかかったのよ」

「……普通二十分も反応なかったら諦《あきら》めるやろ」

青藍が頬を引きつらせてそうつぶやく。奏歌が薄い唇の端を吊り上げて、どことなく得意げに言った。

「久我《くが》青藍は引きこもりでほとんど家にいるし、よく居留守を使うって涼が言ってたの。だから絶対にいると思った」

「……あいつ余計なこと吹き込みよって……」

青藍の苛立《いらだ》った声に苦笑しながら、茜は鞄《かばん》を下ろしてキッチンへ入った。グラスを盆にのせてソファの方へ向かうと、青藍が顔をしかめたまま、のそのそとあとをついてくる。

「青藍さんも座ってください」

そう促《うなが》すと青藍は渋々といった風に、奏歌のはす向かいに腰掛けた。

茜が氷のたっぷり入ったグラスをテーブルに置くと、奏歌がちらりとこちらを見た。

奏歌のグラスだけアイスティーにしてあるのに気がついたのだろうか。少し気まずそうに唇を結んだのがわかった。

奏歌のグラスの中身が半分ほどに減ったころ。その薄い唇がほろりと開いた。

「涼は……？」

抑えきれなくなった不安がこぼれ出たような、消え入りそうな小さな声だった。

「さっき連絡したら、すぐに来るって言ってましたよ」

電話の向こうで車を呼び止める声が入っていたから、たぶんすぐに着くだろう。そう言うと、奏歌がぐっと手の中のグラスを握りしめた。

「どうしよう、茜ちゃん」

ひゅ、と奏歌の喉《のど》の奥で小さく息が詰まったような音がした。茜は慌ててグラスを置いて奏歌と向き合う。その白い頬から血の気《け》が引いていた。

長い睫《まつげ》に縁取《ふちど》られた瞳が、今にも涙をこぼすのかと思うほど潤《うる》んでいた。

「涼、きっと怒ってると思う。あたし……涼との約束、破っちゃったから」

ほろりと、とうとうこぼれた涙が、奏歌の手の甲で砕けた。


──誰かに合わせてピアノを弾《ひ》くことが、奏歌はどうしても苦手だった。

ピアノ同士でも弦楽器を入れた四重奏でも、コンクールのオーケストラでも、幼いころからずっとそうだった。

お前がいると、みんなの音がめちゃくちゃになる。

吐き捨てるようにそう言われたことも、指揮者に眉をひそめられたことも、音楽教室の先生になだめすかすように注意されたことも何度もある。

その度《たび》に、だって、と言い訳のようにいつも奏歌は言うのだ。

——誰も、あたしの音についてこられないんだもの。

今回コンサートで共演する二人のピアニストは、どちらもコンクールで見たことのある顔ぶれだった。

一人は二十五歳の鹿田佐緒里《しかださおり》、もう一人は奏歌より一つ年上の音大生、佐々木陽太郎《ささきようたろう》だ。

無理やりグランドピアノを三台入れてもらった、練習用の小ホールで、奏歌は最初に挨拶《あいさつ》したきり唇を結んで、目の前に用意されたピアノだけを見つめていた。

別に一緒に弾くのが誰だってかまわないと、奏歌は思う。

大切なのは——あたしの音が美しいかどうか。

ただそれだけだから。

——奏歌は一呼吸置いて、鍵盤に指をのせた。

その瞬間。

奏歌の音は、すべてを置いて走り出した。

鍵盤の上を指が滑る。体ごと踊るように音に没頭する。

楽譜が消える、手の感覚が消える、座っている椅子がどこかに行って、自分一人が音の世界に投げ出される。

そうするともう、奏歌には誰もついてこられない。

全部を置き去りにして、奏歌は自分の音だけを追いかけていく。

もっと速く、もっと深く、もっと、もっと、もっと――！

最後の一音が終わって、奏歌の意識が現実へと戻ってきた時。

残りの二人が息を呑んで、じっとこちらを見つめているのがわかった。二人とも鍵盤の上におざなりに手を置いたまま。

途中から弾くのをやめていたのだと、奏歌はそこでようやく気がついた。

その後も、何度も何度も奏歌は二人を置き去りにした。空気にだんだんと苛立ちが混じっていくのがわかる。

奏歌だって、懸命に二人と弾いているつもりだった。

でも佐緒里の音が遅い。陽太郎の音がざらついている。

もっとあたしの音と一緒に走ってほしい。あたしの音を聴いてほしい。

だってあたしの音が、一番美しいもの。

けれど、気がつくと奏歌はいつも一人で音の先にいて、またひとりぼっちになっているのだ。

バンっとひどい和音が鳴った。

佐緒里が鍵盤に手のひらを叩きつけたのだ。苛立ち紛《まぎ》れに立ち上がって、くるりと先端

を巻いた栗色の髪を掻き上げる。

それから奏歌を見下ろして言ったのだ。

「ごめん……わたしあんたと弾けない。ついていけないわ」

ああ、まただと奏歌は思った。

佐緒里がどこか悔しそうに奏歌を睨《にら》みつけていて、困ったように視線を振った先で陽太郎がすっと目を逸《そ》らした。

腹の底がぐっと煮えた。もどかしくてたまらなかった。

「あたしの音が悪いんじゃない」

奏歌は立ち上がって小ホールを飛び出した。

少し待ってみて、誰も追いかけてこなくて。奏歌はむしゃくしゃしたまま椅子に座り込んだ。

奏歌の音を聴いてくれる味方なんて、どうせどこにもいないのだ。

——あの扇子《せんす》を見つけたのはその時だ。

ホールのロビーに飾られたそれは、大ぶりの飾り扇子だった。

緩《ゆる》やかに流れる川に崩れた月がうつり込んでいる。細い柳《やなぎ》がさらりと風に靡《なび》いていて、蛍《ほたる》がぽつ、ぽつと飛んでいた。

その瞬間、忘れていた思い出が鮮やかによみがえるのを感じた。自分の手を握ってくれる、祖父のその手のあたたかさも。

そういえば奏歌の音を、一番褒《ほ》めてくれたのは祖父だった。

あのあたたかい手に包まれて。

もう大丈夫だよ、と。言ってほしくてたまらなくなった。

――涼が声をかけてくれたのは、そんな時だった。

コンサートを主催するオーディオメーカーと提携して、今回のコンサートの諸々《もろもろ》を手配した広告代理店の社員であることは、奏歌も顔合わせの時に知っていた。

涼はその扇子を作った絵師、『春嵐《しゅんらん》』を知っていると言った。

「――……ここに行きたい」

祖父の手のあたたかさを思い出して、たまらなく懐《なつ》かしくて恋しかった。あの手は奏歌の全部を受け入れてくれる。

何も怖いものはない。何もかもから守ってくれる、そんな手だったから。

涼は少しためらって、やがてうなずいた。

そうしてその代わりに言ったのだ。

一つ約束をしてほしい、と。

「──誰かと弾くのを、諦《あきら》めたらあかん」

奏歌は手のひらを小さく握りしめた。

この人も、自分の味方ではないと思った。

奏歌の練習が上手《うま》くいっていないことを知っているのだ。広告代理店の人だから、コンサートが失敗するときっと困る。だから奏歌をなだめようとしている。

つんとそっぽを向いた奏歌に、涼が苦笑した。

それが、子どもがかんしゃくを起こしているのをあやされているみたいで、ますます腹が立った。

けれどそんな奏歌に、仕方ないなあと笑いながら涼は言ったのだ。

「お前の音はきれいやから。だから、おれはもっとその先を見てみたい」

その時初めて奏歌は、まっすぐに涼の瞳を見たのだ。

その瞬間。塞《ふさ》がれていた胸がすっと通った気がした。

佐緒里に向けられたような苛立ち混じりの敵意でも、陽太郎に向けられた何かを諦めたような表情でもない。今まで散々浴びせられてきた、どの感情でもなくて。

真剣でまっすぐで。

ああ、この人は奏歌の音を聴いてくれたのだと。そう思った。

月白邸のソファで、奏歌は何かに耐えるようにじっと唇を結んでいた。アイスティーのグラスの中で溶けた氷が崩れて、からりと鳴ったのが聞こえた。

涼は約束通り春嵐に会わせてくれた。扇子に描かれた場所はわからなかったけれど、それは涼のせいではないから。

だから奏歌も約束を守ろうとした。

けれどそれからも練習の雰囲気は最悪だった。佐緒里は目も合わせてくれない。陽太郎は困ったように愛想笑いを浮かべるばかりだ。

奏歌は懸命に言いつのった。

——一緒に弾きたい。

だからあたしの音についてきてほしい。けれど佐緒里も陽太郎も肩をすくめるばかりだった。

やがて陽太郎が困ったように言うのだ。

——どうせまた、ぼくたちを置いていくんだろう?

奏歌は楽譜を握りしめたまま、一人ピアノの前で立ち尽くした。

こういう時にどうしていいのか、奏歌は知らない。

だってずっと一人だったから。

――奏歌は薄い唇に諦めたように笑みを浮かべた。

「結局また佐緒里と喧嘩して、飛び出してきちゃった」

涼との約束を、奏歌は少しも守ることができないでいる。

あの時涼だけが、奏歌の音を聴いてくれたのに。

「きっと涼も、あたしのことを嫌いになるんだ」

そうしてまた奏歌は一人になるのだ。

その時だ。ふいに低く静かな声が聞こえた。

奏歌は伏せていた顔をわずかに上げた。

「――安心せえ」

久我青藍だ。絵師『春嵐』で、涼はこの人にあの扇子の製作を依頼した。

その漆黒《しっこく》の瞳は黒曜石のようで、それが今、どうしてだかほろ苦く痛々しく、そしてどこか懐かしいものを見るように揺らいでいる。

「あいつが……お前みたいなんを見捨てるなんて、ありえへんから」

その瞬間、母屋《おもや》の玄関の戸が乱暴に引き開けられる音がした。ゴツ、ゴツと二つ続いたそれは、重い革靴を脱ぎ捨てた音だ。

バタバタと廊下を走る音がして、リングのはめられた手が暖簾を跳ね上げた。いつもセットされているはずの髪が乱れていて、額には汗が浮いている。

「奏歌！」

その声を聴いた途端。自分が馬鹿みたいに安心したのがわかった。

涼だ。

鞄を椅子に投げるようにして、ずかずかと踏み込んでくる。

「お前何してるんや。事故とか、どこかで迷ってるんとちがうかとか……」

はあ、と大きく嘆息して、ぐったりと床にしゃがみ込む。その髪をくしゃりとかきまぜて、やがて絞り出すように言った。

「……なんもなくてよかった」

涼の手が座ったままの奏歌の手を取った。それが少し震えている。

奏歌が涼の手をそっと握り返す。涼の手がほかほかとあたたかくて、いつか繋いだ祖父の手の温度とよく似ている。

ソファの隣に座った涼が、仕方ないなあと笑みをこぼす。

「おれが全部聞いたる」

その瞬間、こらえていた涙がほろほろこぼれ落ちた。宝石のように手の甲で砕ける。

「――誰も、あたしの音を聴いてくれないの」

世界で一人ぼっちのような気がして。平気だと思っていたそれが、ひどくさびしかったのだと。

奏歌はやっと、そう気がついたのだ。

――涼が奏歌の音を最初に聴いたのは、大ホールの下見が終わった後だった。

練習室として借りている小ホールで三人の演奏者が練習しているというから、少しのぞいて帰る。それだけのつもりだった。

狭いホールのステージに、グランドピアノが三台押し込められている。

圧倒的な音は、その真ん中から響きわたっていた。

その時、涼はその音に手を引かれて、知らない景色を見せられているような気持ちになったのを覚えている。

それは静かな夜の景色だった。

ゆったりとした低音は夜風のように、心地良く響くのに、まるで周りの見えない闇の中にいるようで、奇妙に不安を煽《あお》った。

その中に高音が響きわたる。

ぽつ、と一つ明かりが灯《とも》ったような気がした。

それが涼には、蛍に思えて、ひどく美しく感じられた。

そうして同時に涼は気がついたのだ。ここには奏歌の音しかしないのだと。

確かに他の音は聞こえているはずなのに、奏歌の音がすべてを食い荒らしていく。

やがて他の二台のピアノは完全に沈黙した。

鍵盤に手を置いたまま、二人の演奏者——鹿田佐緒里と佐々木陽太郎は、奏歌がただ鍵盤の上でその手を踊らせているのを、唖然と見つめていた。

奏歌の音は、他のすべてを置き去りにして——一人高みへと上っていく。

それを聞いた時、涼はいてもたってもいられなくなったのだ。

こうしてきっとこいつは、一人になっていく。

それは、涼の尊敬するあの人と——とてもよく似ていた。

久我青藍は、それまで涼のすべてだった。

月白《つきしろ》を失った青藍が孤独に沈んでいくのを、涼は引き戻せなかった。涼にできたのはただ、青藍にあの美しい絵を描き続けてもらうことだけだった。

それで絵師『春嵐』を生かすことはできたのかもしれない。

けれど青藍をこの世界に取り戻すことは、涼にはできなかった。

ずっと高いところで壊れそうになりながら、美しい絵を描き続ける青藍を、ただ祈るように見上げることしかできなかったのだ。

去年の秋口、月白邸にやってきた七尾茜《ななお》とすみれの姉妹は、青藍の孤独を知った。そうしてあの人の手をつかんで、その高みからあっさりと引き戻したのだ。

それはきっととても簡単なことだったのだと、涼は思う。

あなたは一人ではないと。まっすぐにそう伝えただけなのだ。

――練習室を飛び出して、一人あの扇子を眺めている、奏歌のその小さな背を涼は青藍と重ねた。

今度は必ず、その高みにいる手をつかんでみせる。――今の涼は彼女に手を伸ばす方法を知っているのだから。

だから奏歌と約束した。

誰かと弾くのを、諦めないと。

そうでなければ、彼女の音にはいつか誰も追いつけなくなる。

その両肩をしっかりとつかむ。逸らそうとする奏歌の瞳をとらえて、涼はまっすぐにのぞき込んだ。

その瞳の奥にはいつかの青藍と同じ、孤独の昏《くら》さやさびしさが渦巻いていて。けれどそ

の奥にかすかに灯る光がある。

その光に導かれて、美しい音が、絵がこの世に生み出される瞬間を。いつだって見てみたいと、涼は思うのだ。

奏歌が震える唇で小さくつぶやいた。

「どうしたらいいのかな、涼。あたし——……みんなと弾きたいんだ」

奏歌も懸命なのだ。一番美しいと思うものだけを、この世に引きずり出したくてもがいている。

「お前、鹿田さんの音も佐々木くんの音も、ちゃんと聴いたか？　どんな音やった？」

奏歌がわずかに目を見開いた。それから唇を結んで小さくうつむいた。

きっと奏歌にとって今まで、隣にある音は雑音以下だったのだろう。

「鹿田さんの演奏は、静かで重みがあって落ち着いてた。おれはピアノはようわからへんけど、ショパンのなんかいっぱいあるノクターンの、どれかが得意なんやろ」

コンサートの開催にあたって、涼たちがそろえた資料の中に、当然ピアニスト三人のものもあった。

「佐々木くんは自分で動画を上げたはって、ゲームとか映画の曲を即興で弾くんが好きなんやってな。耳が良くて一回聴いた曲やったら、ほぼ瞬時に弾けるようになるんやて」

奏歌がへえ、と目を見開いたのがわかった。

そうしてしばらく考えて、ぽつりと口を開く。

「……佐緒里の音、重くて遅いって思ってた。陽太郎は音がざらざらしてるような気がして、でもリズムは面白かったかもしれない」

もどかしそうに奏歌の指先が、ソファの上で一瞬跳ねた。まるでそこにピアノがあるかのように。

「でも思い出せないね。一緒に練習したのに、たくさん聴いたはずなのに」

どれも奏歌の中には残っていない。全部置き去りにしてきたからだ。

「どうしたらええと思う？」

子どもに言い聞かせるように奏歌の顔をのぞき込んで、涼は瞠目した。

涙で淡く滲《にじ》んでいた奏歌の瞳は、どこかにずっと残っていたその幼さを、今ふいに、そぎ落としたかのように静かに凪《な》いだからだ。

「うん――……」

すらりと背筋を伸ばして、そうして涼の方を向いた。

「聴かなきゃいけなかったんだね」

そうしてほろりと浮かべた笑みは、こちらがどきりとするほどきれいで。窓から差し込

む陽光に負けないほど、まぶしかったのだ。

4

山の端《は》を鮮やかな夕日の茜色《あかね》が焼き、東の空から紫紺《しこん》の夜が迫ってくる、そんな頃合いだった。

青藍《せいらん》と茜と涼《りょう》、そして奏歌《かなた》を乗せた車は、観光客の溢れる八坂《やさか》神社の前で滑るように止まった。

奏歌をホテルへ送り届けるついでに、見せたいものがあると青藍が言ったのだ。

「──すみれは、陽時《はるとき》さんが見ててくれるそうです」

スマートフォンで陽時とやりとりしていた茜は、ほっと息をついた。

「……陽時とよく話してるんか。それで」

青藍が示したのは、茜のスマートフォンの画面に開きっぱなしになっているメッセージアプリだ。青藍はメールやメッセージの類《たぐ》いをほとんど使わない。

「遊雪《ゆうせつ》さんと、あと海里《かいり》さんとも話してますよ。グループもあるんです」

何人かで一つのグループを作って、メッセージを共有できる機能だ。遊雪も海里も月白《つきしろ》

邸《てい》の元住人だった。

茜も頻繁《ひんぱん》に使うわけではないが、遊雪が時々新作の陶芸の写真を上げてくれることもある。海里は案外スイーツ好きで、美味《おい》しそうなケーキの写真を定期的に送ってくれた。

「青藍さんが起きてこない時とか、部屋から出てこない時に相談するんです」

「なんやそれ、おれも入れて」

ずいっと涼が横からスマートフォンを突き出した。茜がグループに招待すると、涼はお守りでも手に入れたかのように、よし、と小さくつぶやいた。

「青藍さんが仕事受けてくれへん時に、海里さんに相談しよ」

そうぽつりと言ったのを聞きとがめたのだろう。青藍が口元をへの字に曲げた。

「……ぼくのことを手間のかかる子どもみたいに言いよって」

だいたい当たっている、と茜が言う前に、ぽそりと隣で奏歌がうなずいた。

「その通りだね」

「お前にだけは言われたない」

青藍がぎゅっと眉を寄せる。奏歌が差していた黒い日傘をこれ見よがしに揺らす。

青藍と奏歌はどうやら、それぞれ似たもの同士だと認識したのだろう。茜と涼を間に挟んで、二人して絶対に隣り合おうとしない。

つまり犬猿の仲である。

「茜ちゃんとすみれちゃんがいないと、何もできないんだって、涼が言ってたよ」

「お前こそ、涼がおらへんかったら一人で車も呼べへんくせに」

間に挟まれた茜と涼はただ顔を見合わせて、お互いそっちも大変だな、と視線を交わし合うのみだ。

けれどなんとなく、茜はわかってしまった。

危なっかしくて時々子どもみたいで、それでも一心不乱に美しい世界を求めて走り続けている。

そんな人たちに、茜も涼も、まったく仕方ないなあと言いながら。

結局心惹《ひ》かれて、目を離すことなんてできないのだ。

──八坂神社の前をやや西へ進み、北へと折れてビルが雑多にひしめく街を通り抜ける。

そこでふと立ち止まった青藍が、小さな箱を投げるように奏歌に渡した。

「──ほら」

扇子《せんす》を納める白箱だ。簡素で表書きもない。何度か瞬《まばた》きした奏歌が、恐る恐るそれを手に取って開けた。中には一本の扇子が納められている。ぱきぱきと、真新しい扇子の立てる固い音が響いた。

先に開いたのは左側。

ぽかりと浮かぶ月白《げつぱく》の月に、宵《よい》の色をした薄い雲が一筋流れている。柔らかな風に揺れる柳《やなぎ》の下を、川がゆったりと流れていた。

奥には一本橋。その傍《そば》に、ふわり、ふわりと蛍《ほたる》が浮かんでいる。

ぱき、ともう少し広げたところで、奏歌がふと手を止めた。

川が緩《ゆる》やかに続く先――扇子の右側に、深い朱色が広がっていた。

「……わあ」

横からのぞき込んで、茜は目を見張った。

それは淡い夕暮れ時の街だった。

細い糸が規則正しく並んでいるように見えた。石畳に連なる町屋《まちや》の千本格子《ごうし》だ。紅《くれない》と藍《あい》色が混じる空の色に照らされて、赤銅《しやくどう》に染まっている。

朱色と茜色に照らされた石畳は、今にもからからと下駄の立てる軽い音が鳴りそうだ。

絵の奥には石畳の橋が続いていて、瑞々《みずみず》しいほどの桜の青葉が、まるで紅葉《こうよう》したかのように色鮮やかに映《は》えていた。

「……これが、月白《つきしろ》さんの本当の絵ですか」

青藍がひどく満足そうにうなずいた。

「祇園白川《ぎおんしらかわ》の夕暮れや」

八坂神社の西に広がるその街を祇園という。京都の花街《かがい》であった。

四条通《しじょうどおり》を挟んで南には、かつての風情《ふぜい》を残す花見小路《はなみこうじ》通や歌舞練場《かぶれんじょう》が。

そして北には、緩やかに流れる川に沿うように、祇園白川の美しい町並みが広がってい
た。

青藍に言われるがまま、路地を通り抜けて橋を渡る。

「――……ああ、やっぱりここやな」

青藍がどこか満足したように、そうつぶやいた。

橋を渡った先は、扇子に描かれたままのその場所だった。

川縁《かわべり》には桜並木が続き、振り返れば今しがた渡った石畳の巽橋《たつみばし》がその欄干《らんかん》を見せている。

その奥には千本格子と石畳をかすめるようにゆったりと弧を描く犬矢来《いぬやらい》。

視線を前に戻せば朱色鮮やかな辰巳大明神《たつみだいみょうじん》があり、鴨川《かもがわ》のある西の向こうから夕日が差し込んでいた。

夕暮れの赤が、二手に分かれた通りを焼く。

千本格子が連なりすだれが揺れる、赤色の町並みがずっと先まで続いている。

「蛍の橋はたぶん扇子の左半分や。ほんまは夕暮れのこの右半分があって、空の色がゆっ

くりと移り変わっていくはずやった」

だから青藍は、宵の月の端に赤があると言ったのだ。

青藍がふ、と口元を吊り上げる。そうして涼に言った。

「これが月白さんが、ほんまに描かはったもんや。――持っていけ、涼」

奏歌が、涼にその扇子を渡した。

震える手でそれを受け取って――そうしてわずかに目を細める。

「……月白さん、祇園で遊ぶの好きやったもんな」

それは呆《あき》れ果てたというような口調だったが、どこか懐《なつ》かしそうに聞こえた。

「病気わかってからも祇園行くんや、死ぬまで飲んで絵描くんやて、ほんまうるさくて」

涼が月白邸に住んでいたのは、青藍や陽時よりもずっと短い間だ。

けれど手のひらに爪が食い込むほど、強くその手を握りしめたのを見て、その時間が涼にとってどれほど大切だったのか、茜にもわかる。

涼はやがて静かに顔を上げた。

「これ、青藍さんが色決めはったんですよね」

「当たり前や。月白さんの絵に色つけられるんは、ぼくしかいてへんやろ」

青藍がどことなく胸を張って答える。涼が静かにうなずいた。

「つき版はええですね――月白さんと青藍さんと、一緒に歩いてる気になります」

いつか描いたその絵は、時を経《へ》てまた誰かの色でよみがえるだろう。

そうしてきっといつまでも、この美しさを重ねていくのだ。

――祇園に流れる白川は、その上流をたどれば岡崎《おかざき》に行き着くそうだ。

夕暮れが紅から夜の藍へ色を変えるのを待って、流れに逆らうように茜たちはゆっくりと川をたどって上流へ向かった。

やがて大きな通りにぶつかった。それを越えてさらに北へ――。

奏歌がぽつりと足を止めた。涼から扇子を受け取り確かめる。

「……ここだ」

外灯に照らされる浅い川には、ゆらり、ゆらりと柳の影が揺れている。その先に、石造りの簡素な一本橋が見えた。

空はすっかり宵闇に沈み、ぽつりと灯《とも》る外灯だけが心許《こころもと》なく川面《かわも》を照らしている。夏のはじまりのさらりと乾いた風が涼しく心地良かった。

ぽつ、ぽつと淡い光が灯るように。

夜の白川に蛍が飛んでいた。

一つ、二つ。

瞬《またた》きながら滑るように、下流へ。

「こんな都会で、蛍が見られるんですね」

茜が目を丸くしていると、涼も隣で何度かうなずいていた。

「おれも知らんかった……」

奏歌が左手に扇子を握りしめたまま、その光に向かってふ、と手を伸ばす。それを避けるように金色の蛍はつい、と浮いて、ふわふわとどこかへ漂っていった。

「……見つけた」

奏歌が、ほろりとこぼれるようにそう言った。

――祖父は優しかった。

何か辛《つら》いことがあった時、奏歌はいつも祖父の家に逃げ込んだ。

その祖父の手のあたたかさと、ここに来れば大丈夫だと思ったあの安心感に、奏歌はいつだって甘やかされていたのだ。

ある夏の日だったと思う。いつものように奏歌が祖父の家を訪ねると、暗い部屋の中で一人、祖父がぽつんとたたずんでいた。

夕暮れの赤が祖父の顔に暗い影を落としていて、それが少し怖かったのを思い出した。

奏歌を見ていつも通り笑った祖父は、その手を差し出して、散歩に行こうかと言った。

その日はいつもよりたくさん歩いたと思う。初めて来る場所だった。

どうしてこんな遠いところまで連れてきてくれたのだろうかと、奏歌は少し不思議だったのだ。

着いた時にはもうすっかり夜で、揺れる柳の葉擦《はず》れの音と、昼間の熱を冷ますような夜の風と、何かが跳ねる水の音を覚えている。

石造りの一本橋の傍、風にそよぐ柳の枝葉の合間にそれを見つけて、祖父が言った。

——ほら、奏歌。見てみぃ。

ふわりと、蛍が飛んだ。

黄緑色の淡い光が、一つ。祖父が何かを悟ったように言ったのを覚えている。

——蛍は人の魂なんやて。

なるほど、だからこんなに淡くて美しいのか。きれいだね、と言った奏歌に、祖父はどんな顔で笑ったのだったか。

——おじいちゃんが亡《の》うなったら……こうやって、奏歌に会いに来るわなあ。

ああそうか。どうして忘れていたんだろう。

この扇子を見た時。よみがえった胸の内の悲しさと切なさの理由を奏歌はようやく思い出した。

あれは、祖父との最後だったのだ。

「──……ここに来れば、会えると思った」

あのしわくちゃであたたかな手は、いつだって奏歌の味方だった。

茜は、奏歌がぐっと手のひらを握ったのを見た。そうして青藍の方を見やる。

「あ……ありがとう、久我さん。ここに連れてきてくれて」

奏歌はぐぐ、と何かをこらえるようにそうつぶやいた。何かを吹っ切ったように、今は宵闇の風にその身をさらしている。

息を吸って静かに目を開いた。

満月には少し足りない月が、ぽかりと空に浮かんでいる。その光にかき消されそうな、淡い蛍の光を、目に焼きつけているかのようだった。

茜はその姿から目を離せなかった。

青藍の瞳の色とよく似ているからだ。その奥にぱちぱちと光るのは、好奇心の輝きだ。

「……がんばるよ、涼」

それは奏歌の決意だった。

夜の白川に蛍が飛ぶ。

傍《かたわ》らで青藍がそれをじっと見つめていたことに、その瞳が一つ覚悟を固めたことに、茜

はまだ何も気づいていなかった。

——目下《もっか》、茜を悩ませているのは「ドレスコード」というその一言だった。

白川で蛍を見たその翌日、涼からコンサートのチケットを四枚もらった。週末に開催される奏歌のコンサートの招待券だ。

喜んだのもつかの間、簡単に調べたところ、こういうコンサートにはドレスコードというやつが付き物らしい。

だが学生とは便利なもので、大抵の「ドレスコード」というものは制服で済んでしまう。

だがコンサートの二日前、意気揚々《ようよう》と制服の準備をしていると、陽時が不満そうに余計なことを言ったのだ。

「そんなのつまんなくない？」

「……高校生の私服で、コンサートに行けるものなんか、そうないですよ」

茜の私服の大半は量販店かセールでそろえた、デニムとパーカーとTシャツである。

そもそも日常の大半を制服で過ごしているので不便でもないし、居候《いそうろう》の高校生が贅沢《ぜいたく》なんかできるはずがない、というのが茜の主張だ。

茜とすみれの生活費のほとんどは、青藍の懐《ふところ》から出ているのだから。

だがその青藍自身があろうことか陽時側についた。

「確かにそうやな」

「でしょ。この機会にきれいめのワンピースの一着や二着、持っててもいいんじゃない?」

「よくないです！　制服で十分です！」

茜は必死に首を横に振る。だいたいこの制服だって、いかにも私学らしく、有名ブランドのデザインで、かなりお高いのである。

「ね、すみれ！」

と茜が最後の砦《とりで》である妹をうかがう。だが陽時の方が一枚上手だった。コンサートのリーフレットをひらひらさせて、にこーっと笑っている。

「すみれちゃんも、奏歌ちゃんみたいな、お姫様のドレス欲しいよねー」

そこには深い青色のドレスを纏《まと》った奏歌が、ピアノを弾《ひ》いている写真があった。すみれの顔がぱあっと輝く。

「着たい！　すみれもお姫様になれる?」

「なれるなれる」

陽時が、こちらを向いてにやりとした。あれは確信犯だ。

孤立無援になった茜は、あれよあれよという間に陽時の呼んだ車に押し込められて、改

まった服というやつを、買いに行くことになったのである。

よくわからない高級なショップではなく、なんとか茜でも知っているセレクトショップになったのは、陽時なりの気遣《きづか》いだろうと思う。

驚いたのは、人込み嫌いの青藍までがわざわざ陽時とともについてきたことだ。

「茜は、深い緑より、ちょっと明るめの色のがええやろ」

「おれ絶対こっちのノースリーブがいい。ジャケットと合わせればフォーマルに使えるし、夏になったらこれ着て遊びに行けばいいじゃん。デートとか」

本人そっちのけで陽時と好き勝手に話していて、茜としては店員から注がれる、どこか微笑ましそうな視線が気になって仕方がない。

すみれが足元をうろちょろしているので、結婚式の服でも探しに来た、仲の良い兄弟か親戚とでも思われているのかもしれない。

そわそわしているうちに、淡いグリーンのノースリーブのワンピースとネイビーブルーのテーラードジャケットのセットになりそうになっていて、茜は慌てて声を上げた。

「袖《そで》のあるやつがいいです！」

陽時が首をかしげる。

「なんで？　これかわいいよ。色の組み合わせも良いと思うし」

確かに陽時の見立ては完璧である。女性とのデートに慣れているのだろうな、ということをひしひしと感じさせる。青藍が選んだ色も、悔しいながら茜もかわいいと思う。

でも先立つものの問題だ。

「一枚で済む方が、助かるので……お財布的にも」

さっきから視界をかすめる値札に、茜は気が気ではない。

カジュアルラインということもあって比較的リーズナブルな価格帯だが、すみれの分も考えると、急いで下ろしてきたお金でも足りないかもしれない。

陽時がきょとん、としてふいに笑いだした。

「だからさっきコンビニ行ってたんだ。いいよ、そんなの青藍に払わせときな」

それから店員を呼び止める。

「あと靴見せてほしいんですけど——あ、茜ちゃんサイズって二十三でいける？　学校指定のローファーそれぐらいだったよね」

「あ、はい……じゃなくて！」

店員に話しかけている陽時を慌てて引き留《と》める。靴までは確実に予算オーバーだ。

すみれに至っては、陽時に選んでもらったキッズラインのドレスを手に、目をきらきらと輝かせている。妹はすっかり乗り気だった。

もうどうしていいかわからなくなって、片手に財布、片手は陽時を止め損《そこ》なった手の形のまま、茜はおろおろと青藍を見上げた。

口元を手で隠して、ふい、とよそを向いている。珍しく肩を震わせて、笑っているのだとわかった。

「笑いごとじゃないですよ！」

「悪い……珍しく、茜が陽時に振り回されてるから」

こういうことに関しては、陽時の独壇場《どくだんじょう》だ。

うれしいと素直に笑うだけの、かわいさも甘える方法も茜にはわからない。ありがとうよりごめんなさいが先にくる。

青藍の大きな手が、茜の髪をくしゃりとかきまぜた。

「たまには、甘えとき」

口元がむずむずとする。

ほころびそうになって、一生懸命引き締める。

うれしくてほっとして、泣きそうになる。

笑顔とともに、もう茜にも理解できない、このどうしようもない気持ちまでこぼれ落ちそうになってしまうから。

——その曲を『月光』と呼んだのは、作曲者であるベートーベン本人ではないそうだ。

ある詩人がこの曲を聴いて、湖の月の光の波に揺らぐ小舟のようだ、と言ったことに由来するという。

それ以来、この曲のことをみな『月光』と呼ぶ。

パンフレットに書いてあったそのエピソードを読んで、青藍はどこか深く納得した。

この曲を聴いた人がその詩人のように、この曲の深淵《しんえん》に月の光を見たのだろうか。

ゆったりとした重みのある音が、ホールに響く。

ステージの中央には、ピアノが三台。その真ん中に当たったスポットライトの中で、奏歌一人が鍵盤に指を走らせている。

一人ずつがそれぞれ得意曲を奏《かな》でる、独奏の時間だった。

青藍もその音に月の光を見た。

美しく降り注ぐそれは、どこかひどく落ち着く気配がする。

きっと違うものを見る人もいるのだろう。

件《くだん》の詩人はこの曲を、月の光に揺れる小舟だと思ったそうだし、奏歌には暗闇に飛ぶ蛍が見えているかもしれない。

音楽というのは結局、それを聞く人とともにあるのだ。

けれど青藍にはそれが――空から降り注ぐ月白《げっぱく》の光に見える。

それはきっと、その光がいつも己の心の傍にあるからだ。

絵も音もきっと変わらないと青藍は思う。

結局、描き手も弾き手も、見る側も聴く側も。そうしてその心を見ているのだと、そう思うから。

コンサートは盛況のうちに終わった。だが漏《も》れ聞こえる声もある。

ピアノ三台による協奏曲は、やはり奏歌のピアノが突出していた。

けれど奏歌は確かにあがいていた。

スポットライトに照らされたあのステージの上で、懸命に他の音に耳を傾けながら。

一瞬ながら、美しいハーモニーが織りなされたところもある。

きっとこれからだと、そういう未来が開けていると思えるように。

――青藍は月光に照らされた己《おのれ》の部屋の中で、目の前に広がるその絵と向き合っていた。

障子《しょうじ》二面分のその大きな絵は、月白《つきしろ》から託されたものだ。

一本の桜の絵だった。ごつごつとした花のない桜の幹を、月白は最期《さいご》の課題として青藍

に遺《のこ》した。その絵の中の桜の木はほんの半年前まで、おおよそ六年間、何も描かれないまま
まただ孤独に立っていた。

桜は青藍だ。

そこに二匹の雀《すずめ》が増えた。金色の猫が、ふかふかの柴犬が、空を睥睨《へいげい》する鷲《わし》が、二匹の子猫と狐《きつね》と、子狐が増えた。

まだ少ないけれど、孤独の桜の傍にゆっくりと少しずつ。

それは青藍が、この世界は一人で歩いていくには少しさびしいのだと。そう知ることができたからだ。

いつかこの木に桜の花が咲く日が来るのかもしれない。

そのために今、踏み出す一歩があるはずだ。

ゆったりと重い月の光が、青藍を照らしている。

三　おひさんの色

1

空にめいっぱい伸びる枝葉が雨に打たれて、その緑をいっそう濃く彩っている。枝葉の隙間《すきま》からは雫《しずく》が、さらさら、ぽたぽたとかすかな音を立てながらこぼれ落ちていた。

六月ももう終わりというころ。月白邸《つきしろてい》の庭にも梅雨《つゆ》が訪れている。

ざわりと葉がこすれる音が聞こえて、茜《あかね》は窓からちらりと庭に目を向けた。風はないから、雨宿りしている鳥たちが羽を広げて、身じろぎをしているのかもしれない。

赤や紫に染まった紫陽花《あじさい》が、まるでおもちゃを並べたみたいに目に鮮やかだった。

椅子に背を預けて、茜はうんと伸びをした。グラスに残ったアイスコーヒーを飲み干す。氷が全部溶けていて、ほとんど水の味になっていた。

手元に広げられているのは、この週末に出た課題だ。あと三分の一というところだったがそろそろ飽いてきた。

「コーヒー……淹《い》れようかな」

誰ともなしにそうつぶやいて、茜は椅子から立ち上がった。

ぐるりと見回すと、先ほどまでソファで遊んでいたすみれの姿がない。また青藍《せいらん》のとこ

ろにいるに違いなかった。

雨が降ると外では遊べない。週末に友だちとの約束がない時は、すみれはよく青藍の部屋に入り浸《いびた》っている。絵を描くのを見ているのが好きなのだという。

わかるなあ、と茜は口元に淡い笑みを浮かべた。

あの人が絵を描くのを見るのが、茜も好きだ。

あの指先から何が生まれ出るのか、考えるだけでわくわくする。

黒曜石のような深い色をした瞳の先に、どんな色を見ているのか。知りたくてたまらなくなる時がある。

キッチンでお湯を沸かしながら、茜はふと思い立って、ドリップしようとしていたコーヒーの粉を三人分に増やした。

青藍の仕事部屋に持っていくつもりだった。

ここのところ青藍はずっと、縦横《たてよこ》ともに身の丈《たけ》ほどもある大きな絵に取りかかっている。近々開かれる展覧会に出すのだと言っていた。

今は陽時《はるとき》も青藍の部屋にいるはずだった。陽時が月白邸に戻ってくるのは一週間ぶりだ。

茜はグラスを四つ出して、うち三つにはコーヒーを、残りの一つには麦茶を注ぎ入れた。

香ばしいコーヒーの香りに、どこかほっとする。

一息ついて四人でお茶の時間にしよう。さらさらと静かな雨の音を聞きながら、他愛《たわい》もない話をしたい。

休日のこの何でもない時間が、茜にとっての幸せなのだから。

四つのグラスを、茜がいつも使っている盆にのせた時だった。

「――茜ちゃん」

バタバタと廊下を駆ける音がした。すみれが暖簾《のれん》を跳ね上げてリビングに飛び込んでくる。その顔が今にも泣きだしそうで、茜は目を丸くした。

「どうしたの？」

飛びついてきた小さな体を受け止めると、すみれの両手が茜のパーカーを握りしめた。

「青藍と陽時くんが喧嘩してる」

――青藍の仕事部屋へ駆けつけると、開け放たれた障子戸《しょうじど》に、何かがガツンとぶつかる音がした。慌《あわ》てて足元を見ると、陽時のタブレットが転がっている。

「お前、わかってて言ってんだよな」

低く押し殺したその声が一瞬誰のものかわからなくて、茜はぽかんと立ち止まった。聞いたことのない、甘さを一切消し去った陽時の声だ。部屋の中央で、青藍の胸ぐらをつかんでいる。

その手を青藍の絵具のついた手が払いのけた。

「わかってる。それでもこれを出すてぼくが決めた」

不機嫌さを煮詰めたような、苛立《いらだ》った声で青藍が言った。

「あ、あの……」

茜は部屋の前に立ちすくんだまま、おろおろと二人を交互に見つめているしかない。背中に隠れるようにすみれが縋《すが》りついていた。

青藍と陽時は、中学生のころからともにいて、気の置けない仲であることは茜も知っている。陽時が青藍と話す時だけ少し言葉が荒っぽくなることも、時折やりあっている辛辣《しんらつ》なやりとりも、信頼の証《あかし》なのだと思っていた。

それでも二人がこんなふうに声を荒らげて、互いをつかみ合うような喧嘩をするのを、茜は初めて見たのだ。

青藍の仕事部屋はひどい有様だった。

机の上にのっていたはずの湯飲みも菓子鉢《ばち》も、床に転がっている。筆立ては部屋の隅で大量の鉛筆をまき散らしていた。隅に重ねていた小皿や梅皿《うめざら》が崩れて床に散乱している。

茜は意を決して二人の間に飛び込んだ。

「二人とも、落ち着いてください」

「どいてろ、茜」

青藍の大きな手に押しのけられる。陽時がこちらを見もせずに言い捨てた。

「こいつ、一回ちゃんと言わねえとわかんないんだよ」

再び互いの胸ぐらをつかみ上げた時。

「ばかーっ！」

茜の後ろで、すみれが叫んだ。

青藍と陽時が、ぴたっと固まった。冷や水を浴びせられたように、目を見開いたまま茜と、その後ろにいるすみれに視線を向ける。

すみれが目に涙をいっぱいに溜めながら、ほろりとこぼしたのを見て、青藍と陽時が互いに気まずそうに視線を逸《そ》らしたのがわかった。

「喧嘩は……だめだよ」

——ことの発端《ほったん》は、青藍のその絵だった。

障子を二枚並べたような、ほとんど真四角の絵が仕事部屋の壁に立てかけられている。

茜はそれを見て、息を呑んだ。

淡い墨色の太陽が昇っていた。

それが東山《ひがしやま》の朝日だとわかるのは、その太陽に照らされた左側に広がる町並みが、この

京都《きょうと》、岡崎《おかざき》だからだ。

白熱の太陽が山の端《は》を焼いている。

季節は夏。山に繁る葉の一枚一枚、木々の一つ一つが瑞々《みずみず》しく、その先端を白く輝く空に向かって伸ばしている。

その太陽に照らされる鳥居は、光の白に半ばかき消されるように細く、平安神宮《へいあんじんぐう》の仁王《におう》門《もん》の彫り込みが鋭い陰影を描いている。

すべて墨で描かれたこれは、この描き方は——東院流《とういんりゅう》の絵だ。

色はない。

「……どうして」

茜は思わずそうぽつりとつぶやいていた。

だってこれは、青藍の一番嫌いな絵のはずだから。

青藍の実家であり、京都の旧家でもある東院家は絵師の一族だ。

かつて朝廷や幕府の絵師として、どの時代も一流の描き手を輩出してきた。今でも寺や神社にふすま絵などを奉納したり、文化財の修復に携《たずさ》わることもある。

古くからのしきたりや伝統を深く重んじ、新しいもの、外のものを好まない排他的な気質があった。

東院家の絵はどれも、写実的で精緻《せいち》に描き込まれたものをよしとする。色は淡くつけるにとどめるのが美しいとされていた。

青藍もその師である月白《つきしろ》も、太陽すら白と黒で塗り潰《つぶ》す、その東院流の絵を好まない。それは彼らにとって、重いしきたりと伝統で縛られた不自由さの象徴だからだと、茜はそう思っていた。

「──こいつ、東院に戻るつもりなんだよ」

陽時が吐き捨てるようにそう言った。

青藍はこの絵を七月にある、東院家の屏風展《びょうぶてん》に出すつもりだと、そう言った。

七月の京都といえば祇園祭《ぎおんまつり》だ。

山鉾《やまほこ》が立ち、お囃子《はやし》が奏《かな》でられる宵々山《よいよいやま》からの期間を中心に、山鉾町《ちょう》では『屏風祭』が開かれる。山鉾町の家々が所有する屏風や美術品を展示する、この期間ならではの展覧会だった。

東院本家は下鴨《しもがも》の糺《ただす》の森の近くに居を構えている。中心部である山鉾町ではないが、毎年それに合わせて『屏風展』と呼ばれる展覧会を開くことになっていた。

本家の持つ屏風や壺や障子絵が並べられ、一般に広く公開される。同時に東院家の絵師たちが描いた絵もお披露目《ひろめ》することになっていた。

去年——まだ笹庵《ささあん》の家で暮らしていた茜とすみれもその屛風展を見に行ったのを覚えている。

それを思い出して、茜はぐっと息を詰めていた。

服の裾《すそ》を引かれて後ろを振り返ると、すみれが泣きそうな顔で、つかんだその手に力を込めている。

すみれもきっと覚えているのだ。

静寂《せいじゃく》の支配する重苦しいあの場所で——姉妹二人で、ただ耐えるしかなかったころを。

「……青藍さん、東院家に戻るんですか？」

不安を押し隠すように茜は問うた。青藍が苛立《いらだ》ちを隠さぬまま、くしゃりとその髪をかきまぜる。

「東院の絵師になるつもりはあらへんて、ぼくは何度も言うてるやろ」

「屛風展に出せば同じだ。年末の時とはわけが違う」

陽時が間髪《かんはつ》をいれずに言い返した。

去年の年末、東院家の展覧会『冬期画展』に、青藍は月白が遺《のこ》した屛風を完成させて展示した。東院家の現当主で、青藍の母親違いの兄でもある珠貴《たまき》に、半ば乗せられたような形だった。

「今回はお前から言いだしたんだってな。しかもこんな……東院流だってひと目でわかる絵なんか出して――」

陽時の声がわずかに震えたのが、茜にもわかった。

「珠貴さんは手ぐすね引いて待ってんだぞ。お前が東院の絵師になるのを」

画壇で名を馳《は》せた月白も、そして新進気鋭の天才絵師と名高い青藍も、自《みずか》ら東院家の絵師と名乗ったことはない。

ここしばらく、東院家の絵師は不作だと言われていて、その伝統ある一族に影が落ちているのを茜も知っている。

東院家は今、力のある絵師が欲しいのだ。

だから珠貴はいつも青藍に、東院に戻ってこいと言う。

けれどそれは青藍が――絵師『春嵐《しゅんらん》』が、自由に絵を描くことができなくなるということだ。

青藍は一つ息をついて。そうしてぽつりと言った。

「――わかってる」

己《おのれ》の描いた白熱の太陽に、そっと指先を触れさせた。

やがてわずかにためらうように、青藍が口を開いた。

「でもぼくの中には確かに先代の……父の絵があるて思う」

青藍の父であり東院家先代当主、東院宗介《そうすけ》は『先生』と呼ばれるほど、東院流を極めた人だった。

幼いころ、母屋《おもや》に上がることを許されなかった青藍が、父と関わることができたのは、自分の描いた絵を父が朱墨で添削する時だけだった。

その一瞬にあったものを情と呼ぶのかどうか、茜にはわからない。宗介と青藍と珠貴の関係は茜が思うよりずっと複雑で、歪《いびつ》で、そして深いと思うから。

この春、その想いの一端に茜と青藍は触れた。

春の嵐が蒼翠《そうすい》の森を揺らし、しだれ桜を巻き上げて吹き抜けた、ある日のことだった。

青藍が澄んだ夏の夜空のような瞳を、白と黒で描かれた東院流の静かな絵に向けた。

「ぼくの中に誰かが残していったものを、そろそろちゃんと知ってもええころや」

その瞳の奥は、何か一つ覚悟を決めたように、静かに凪《な》いでいる。

——しとしとと降る雨の音が、リビングに静かに響いている。それをじっと見つめながら、ソファに座ったすみれがぽつりと言った。

「陽時くん……帰ってくるよね」

片方の手は麦茶の入ったグラスを。そしてもう片方の手は、隣に座っている青藍の着物を、しっかりと握りしめている。

結局陽時は、あの後何も言わないまま逃げるように出ていってしまった。

それからすみれはずっと、茜か青藍の服をつかんで離そうとしない。たまらなく不安なのだと、全身でそう言っているように見えた。

父を亡くした時のことを思い出しているのだろうと茜は思う。

大切な人はいつか急に傍《そば》からいなくなるものだと。すみれはどこかで、そう思っているのかもしれなかった。

青藍がくしゃりとすみれの髪を撫でる。その様がいまだに少しぎこちなく見えて、茜はなんだかおかしくなった。青藍はすみれのことを、力を込めたら壊れる小さな生き物だと思っている節《ふし》がある。

「放っといたら帰ってくるやろ」

茜が淹れたコーヒーをすすって、青藍は懐《なつ》かしむように、きゅうと眉を寄せた。

「こんな喧嘩、昔はしょっちゅうやった」

木々の枝葉を打つ雨の音が染《し》み入《い》ってくる。

それはいつかの話をするにはちょうどいい静かさだった。

──月白邸にやってきたのは、青藍が先だった。

紀伊《きい》の家を飛び出した陽時が突然転がり込んできて、そのまま居着いてしまったのはそれからいくぶんか後のことだ。

まだ髪の色も黒くて今よりずっと幼い、中学生の時の陽時だった。

これからよろしく、とそう言った笑顔が、太陽のようにまぶしくて。目がちかちかしたのを覚えている。

「最初は、なんやこいつ、て思てた」

青藍は憮然《ぶぜん》とした顔でそう言った。

明るくて会話が上手《うま》くて、誰とでもそつなく話すことができる。

月白にも、月白邸の住人たちにもあっという間に馴染《なじ》んで、まるでずっと前からここに住んでいたようにすら思えた。

「そんなまね、ぼくにはとうていできへんかった」

青藍は月白邸で過ごす時間のほとんどを、与えられた離れに引きこもっていた。好きなだけ絵を描いて、自分の絵だけを見つめて。

それはとても幸せな時間だったけれど、今思えば、少しさびしかったのかもしれない。

だからあのころの青藍にとって、陽時のあのすべてを照らし出すような、まぶしいほどの明るさは、本当に少しだけうらやましかったのだ。

陽時の明るさには、陽時なりの理由があると知ったのはその後だ。

あのころ陽時は、四つ年上の従姉《いとこ》に恋をしていて、それが報《むく》われないということもなんとなくわかっていて。

でもそれだけが、紀伊の家の不自由さに縛られた陽時の心の支えでもあった。

その狭間《はざま》でぐちゃぐちゃになっていたころ。

陽時はその明るさで、自分の心を覆《おお》い隠していた。

今よりも不完全でずっと淡かったそれは、ときおりほろほろとほころびて、笑顔が作れなくなると、陽時は青藍の離れにやってくるようになった。

他に誰も来ることはなく、青藍が話しかけることもない。思う存分一人になることができたからだろう。

膝《ひざ》を抱えてしばらく過ごして、それから青藍が絵を描く様をずっと見つめていた。

ある日、青藍は太陽の絵を描いた。

何色で塗るかしばらく迷っていた時。陽時が離れへやってきた。

黒い髪で顔を隠すようにうつむいていたそいつを見て、青藍はなんだかたまらなく腹が

立って、そして少し、悲しくなった。

せっかくのあのまぶしい笑顔が、見る影もなかったから。

だから月白の仕事部屋から金色の絵具を勝手に持ち出して、全部それで塗り潰してやった。

そうして不思議そうにそれを見ていた陽時に、突きつけてやったのだ。

──お前みたいやろ。

すべてを鮮やかに照らす、太陽の金色だ。

だから笑ってくれ。

おれにはないそのまぶしい笑顔は──悔しいけれど悪くないと、そう思うから。

──青藍がそろりと視線を外した。茜の口元が和《なご》やかにほころんでいるのに気づいたのかもしれない。

「……子どものころの話やから」

いたたまれなさそうにぽつりとつぶやく。すみれがにこにこと笑って言った。

「やっぱり青藍と陽時くんは、仲良し！」

「別に仲良うない」

きっぱりそう言って、青藍がふんとよそを向いた。茜とすみれの微笑ましげな視線が実に面白くなさそうで、ふてくされたように膝に片足を乗せて頬杖《ほおづえ》をつく。

「あれから、多少打ち解けたんは確かやけど、そこからしょっちゅう喧嘩やからな」

なにせ同い年の中学生男子が一つ屋根の下である。互いにあまり遠慮もしなかったので、些細《ささい》な理由で言い争うこともあった。

「ぼくも陽時も、歳に比べたら成長早かったし体力もあったしな……」

つかみ合いや殴《なぐ》り合いになったら、住人たちの誰も止めることができなかった。そのうち仲裁も諦《あきら》められて、派手な喧嘩に発展する度《たび》に、月白や住人たちの酒の肴《さかな》代わりになっていたらしい。

「……あの人ら、ぼくと陽時のどっちが勝つか、酒賭けたはったんやで。信じられへん」

青藍から月白や住人たちの話を聞く度に、本当に破天荒《はてんこう》な環境だったのだなあと茜は、半分感心して、あとの半分は呆れ返ってしまう。

茜は苦笑交じりに青藍に問うた。

「青藍さん、何をやって陽時さんを怒らせてたんですか?」

「……なんでぼくが原因なんや。あいつやったかもしれへんやろ」

青藍がむっと眉根を寄せる。

「陽時さん、そういうところ、抜かりがなさそうなので」

陽時は人当たりも良くて、あまり他人と波風を立てたがらないところがある。何か意に添わないことがあっても、青藍よりは上手くやり過ごしそうだ。

ぐ、と青藍が詰まったのは、確かにその通りだと思ったからだろう。でも、と青藍が身を乗り出した。

「そのころあいつもまだ中学生やからな。今みたいに誰にでも……好かれてはいたか。でも学校の女子には……いや、ずいぶん人気あったような気もするけど」

だいたい今の陽時と同じだ。青藍がどことなく悔しそうに、陽時の粗《あら》を探しているのが面白くて茜はくすくすと笑った。

やがて諦めたように、青藍がふんと鼻を鳴らした。

「でも喧嘩の原因は、半々やからな」

デートに行くと言って買い出しをサボったのは陽時だ。朝、寝坊した青藍を学校に遅刻するからと起こしに来た陽時に、枕をぶん投げたのはたしかにこちらが悪かった。

でも、と喧嘩の原因を指折り数えていた青藍が、口を尖《とが》らせた。

「ぼくの落雁《らくがん》を勝手に食べよったのは、あいつが悪い。限定の蝶々の柄のやつで、あろうことか腹減ったからて、ビスケットかなんかみたいにガリガリかじりよって！」

ふは、と茜はとうとうそこで噴き出した。

「案外、子どもっぽいことで喧嘩してたんですね」

「……子どもの時やからな」

月白邸がまだ『結扇《ゆいせん》』だった時代。青藍たちが不安定で危うい、子どもと大人のあやふやな境目にいたころだ。

そのころ青藍は離れに籠《こ》もってずっと絵を描いていた。

その心に立ち入ることができたのは、月白と陽時だけだったそうだ。

二人のおかげであのころの思い出は確かに、青藍の中に色濃く残っている。

ぱたぱたという雨の音が止《や》んで、茜はふと窓の外を見やった。雨は落ち着いて、空から日差しが注いでいる。

青藍がぽつりと言った。

「喧嘩して、何日か口きかへんようになって。……でも、そのうち何でもなかったみたいにまた元に戻る。いつもそうやった」

だから大丈夫だと、何かに祈るようにそうつぶやく。

「あいつは、ちゃんと戻ってくるから」

茜は青藍の仕事場の方を見やった。そこにはまだ、あの東院流の絵があるはずだった。

あの絵は青藍が前に進む証《あかし》なのだと、茜は思う。

一人で絵を描くばかりだった青藍が、己の中に残されたものを見つめている。

それは父の絵であり、兄との関係であり、師である月白や月白邸の住人たちとの思い出であり――茜とすみれと、そうして陽時と過ごす日々であると、茜は思う。

青藍はそれを己の糧《かて》にしたいと思っているのだ。

気がつくと、青藍が同じ方向を見つめていた。その指先がうずくように震えているのがわかる。

あの絵に筆を入れたいと、全身でそう言っているように見える。

夜空のように凪いでいた瞳に、星が瞬《またた》くように光が灯《とも》る。

それを見るのが、茜はとても好きだ。

陽時も、青藍が東院家と向き合って、前に進もうとしていることをわかっている。

誰より一番、青藍の傍にいたのは陽時だからだ。

だから大丈夫なのだと。茜はそう強く思った。

いつか見た陽時のあの瞳の昏《くら》さなど、きっと気のせいだったのだと、自分に言い聞かせるように。

その夜どうにも寝付けなくて、キッチンで翌日の朝食の準備をしていた茜は、物音に気がついて廊下へ飛び出した。

陽時の部屋からだ。

一階にある部屋の障子を遠慮がちに叩く。ややあって、どうぞ、と声がして。茜は少しほっとして障子を引き開けた。

陽時の部屋はいつ見てもすっきりと片付いている。

畳を上げた板間をフローリングのように使っていて、押し入れをクローゼットに改造──これも前の住人の仕業《しわざ》らしい──していた。そこにたくさん服が押し込められている。

隅の机にはノートパソコンが閉じた状態で置かれていて、その周りにはスタイリング剤や化粧水が所狭しと並んでいる。

おしゃれの好きな陽時らしい部屋だった。

「──こんばんは、茜ちゃん」

陽時の声はいつもと同じように、柔らかく優しくて甘い。

けれど茜は床に座っていた陽時を見下ろして、驚きのあまり声も出なかった。

いつもとろりと甘やかに輝いていた金色の髪は今、深い黒色に変わっていた。

「あの……髪……」

やっとのことでそう言った茜に、陽時があぁ、と何でもないように笑った。

「黒に戻してきた」

よほど腕のいい美容師なのか、それとも元からの髪質なのか。陽時の黒色の髪はしっとりと艶《つや》めいていて、いつもよりずっと大人びて見える。

存在がぐっと身近になったような、そんな気がして。茜は思わず一歩後ずさった。

「……その、むやみにモテそうですね」

きょとんとした陽時が、肩を震わせて噴き出した。

「今までだって、ちゃんと女の子には人気ある方でした」

冗談交じりに笑ってみせる、その明るさが茜には妙に不安だった。

だってその金色は――太陽のあの色は、陽時の色だとずっと思っていたから。

「おれ会社で異動するんだ。本社勤務になるから、さすがに金髪じゃまずいしさ」

陽時がさらりと頬にかかった髪を、一房《ひとふさ》つまんでそう言った。

紀伊陽時は絵具商だ。

紀伊家は東院家の分家にあたる家だった。かつては京都の寺町にその本拠を構えていたが、ずいぶんと前に大阪《おおさか》に本家を移転した。生業《なりわい》は画材の卸《おろし》と小売りである。

「今までは大丈夫だったんですか？」

　茜が問うと、陽時は軽くうなずいた。

「今までは外回りで、青藍みたいな絵師とか画家とか、あとは小さい画廊とかの御用聞きが仕事でさ。それと会社のシステム絡《がら》みの業務をちょっと、って感じ」

　陽時が立ち上がって、机の上からパソコンを取り上げた。

「青藍見てればわかるけど、変わった人も多いし、髪が金色ぐらいで何か言われたことなかったんだよね」

　それに、と充電用のケーブルをコンセントから引き抜いて、陽時はその唇に苦さののった笑みを刷《は》いた。

「――……紀伊も、ひとまずおれが目の届くところにいれば、別に髪の色なんかどうでもよかったんだろうし」

　え、と茜が問い返そうとした時だった。

　陽時がさて、とつぶやいて、足元に置かれていたダンボール箱に、パソコンを無造作に突っ込んだ。

「じゃあ、おれ行くね」

　茜ははっと顔を上げた。陽時が床のダンボール箱を持ち上げる。

「当面必要なものだけ持っていかないと。あとは――」

ぐるりと部屋の中を見回して、貼りつけたような嘘くさい笑みで言った。

「捨ててくれていいから」

ざわりと冷たいものが体を駆け抜ける。茜は慌てて陽時の手をつかんだ。

「か、帰ってきますよね」

陽時が首を横に振るのを見ても、茜は信じられなかった。

「どうかな。勤務場所は大阪になるんだ。実家の方が近いから」

「そんなの――……嘘です」

だって今までだって大阪や京都や、いろいろなところを飛び回って仕事をしていたはずだ。日が空く時も、週に一日も戻らない時もあった。

でも陽時は必ず、月白邸に帰ってきていたはずだ。

優しく手が払われる。それが拒絶の印だと気づいて、茜は胸が塞《ふさ》がれるような気持ちになった。

「青藍さんを置いていくんですか」

そう言うと、陽時がぐっと押し黙った。

わずかにうつむいた陽時の首筋を、黒色の髪がさらりと流れていく。

「青藍には茜ちゃんとすみれちゃんがいる。だからもう大丈夫だよ」

陽時がいつものように優しく微笑んでいる。けれど瞳の色だけが不自然なほど昏く沈んでいた。

体中が冷たくなるのがわかる。

絶対違うのに、それは間違っているのに、どれだけ手を伸ばしたって陽時に届かないような、そんな気がする。

「じゃあね」

そんな軽い一言で、陽時は茜に背を向けた。ダンボール箱を抱えて月白邸の玄関へ向かって、茜が追いついた時にはもう革靴に足を突っ込んでいた。

「陽時さん！」

玄関を開けて最後に一度だけ振り返った。ほんのわずかためらって。そうしていつもの甘い笑顔で、言ったのだ。

「青藍には、もうおれなんかいらないよ」

玄関を開けた先、夜の闇にその黒の髪が溶けて消えていく。

背後でぎしりと床が鳴って、茜は肩を跳ね上げた。振り返った先に青藍が立っている。

たぶん、今の話をずっと聞いていたのだと思う。

絵を描いていたのだろう。その指先に絵具の汚れが見えた。それが奇《く》しくも金色で、青

藍がそれをぐっと握り込んだのが、淡い玄関の光に照らされて見えた。

2

祇園祭《ぎおんまつり》を一週間後にひかえたその日。ようやく京都の梅雨《つゆ》が明けた。

待ち構えていたようにぐっと気温が上がり、空は夏らしくずっと高く青く澄んでいる。

茜《あかね》が学校から帰り着いたこの時間でも、まだ夕暮れにはほど遠い。

鞄《かばん》を投げるように椅子に置いて、茜はエアコンのスイッチを入れた。夕食の準備をしなくてはいけないのに、体が隅々までずんと重かった。

カーテンを開けると夏の午後の、まぶしい日差しが庭を照らしているのが見える。くっきりとした夏の木々の影が、だんだんと長くなっていくのを、どれくらい眺めていただろうか。

「――いてたんか」

そう声をかけられて、茜ははっと振り返った。涼《りょう》だった。

「すみません、気づかなくて……」

チャイムを鳴らしてくれたようだが、聞き流してしまうほどぼんやりしていたらしい。

「青藍《せいらん》さんは」

問われて、茜はため息を呑み込むように、離れの方に視線を向けた。

「ずっとあっちです」

陽時《はるとき》が月白邸《つきしろてい》を出ていってから、青藍は一日の大半を部屋で過ごすようになった。

食事の時、すみれが呼びに行っても出てこないこともある。

ときたま風呂場や廊下ですれ違うことがあると、その指先や、裸足《はだし》の足に墨がついているから、ずっと絵を描いているのだと思う。

茜がそう言うと、涼が深く息をついた。

「そうか……」

陽時からは連絡もなく、困り果てた茜は涼に相談した。それから涼も、忙しい合間を縫ってこうして顔を出してくれるようになった。

言葉には出さないけれど、青藍を心配しているのだろうと思う。

涼がカラフルな箱を二つ茜の前に置いた。

「これ奏歌《かなた》から。この間の礼やって」

一つはチョコレート、もう一つはクッキーの箱だ。派手なパッケージと読めない文字の羅列《られつ》にどことなく異国情緒《じょうちょ》を感じる。

奏歌はコンサートの後、すぐに留学先であるドイツへ帰っていった。涼とはそれからもメッセージのやりとりを続けているらしい。

奏歌はどこまでも奏歌らしく、やれわらびもちを送れだのドイツまでコンクールを見に来いだの、好き勝手言うのだと、涼はげんなりとした様子でそう語った。

「コンサート終わったらお前の面倒なんか見たらへんて、そう言うたんやけどな。あいつ全然聞かへん」

けれど言葉とは裏腹に、その口元には、仕方がないなあというほろりとした笑みが浮かんでいる。

茜は箱を重ねてキッチンのカウンターにそっと置いた。

「すみれもたぶん喜ぶと思います……最近、やっぱり元気ないから」

涼が小さく息をついたのがわかった。

すみれはあれから、時間があればずっと青藍の仕事部屋を訪ねていた。青藍も入ってくるなとまでは言わないらしい。

「……青藍さんまで、どこかに行っちゃうんじゃないかって、たぶん心配してるんです」

茜は一つため息をついて、キッチンへ入った。

グラスに氷を入れてアイスコーヒーを注ぐ。自分の分と涼の分をテーブルに置いた。涼

が一息で半分ほどを飲み干して、真剣な顔で茜を見た。

「陽時さんのこと、おれも方々聞き回ってみたんやけど――あの人、なんや見合いするらしいて聞いた」

涼の向かいの椅子に座った茜は、怪訝《けげん》そうに顔を上げた。

「お見合いですか？」

涼がうなずきながら、口の中で氷をかみ砕く。

ことの始まりは、紀伊《きい》の家が来年、新しい会社を立ち上げるということにあるらしい。

紀伊家はもともと『紀伊筆彩堂《ひつさいどう》』という小売店と、画材の卸《おろし》の会社だ。そこに京都の老舗《しにせ》文具メーカーを傘下に引き入れ、デザイン文具の会社を新たに立ち上げ、グループ化することになった。

「それで、その新しい会社の社長が、どうも陽時さんになるらしいて話がある」

さらりと出てきた社長という言葉に、茜はぽかんとした。涼が肩をすくめて苦笑する。

「あの人、いくら飛び出してきたいうても、紀伊直系の長男やからな。本当やったら本家を継がはる立場や」

そういえばそうだった。陽時には確か姉が二人いると言っていたから、他に兄弟がいなければ、陽時が跡継ぎになるはずだったのだろう。

とはいえ、と涼は難しい顔で続けた。

「一度は家を出ていった人やし、紀伊はすでに一番上のお姉さんが婿《むこ》取ったはったはずや。もう息子さんもいたはるらしいし、陽時さんが今更、本家を継ぐんはない」

涼がことりとコーヒーのグラスをテーブルに置いた。

「でも、紀伊家の長男なんて役に立ちそうなもん、あの家の人らが放っておくとも思われへんよな」

そこで新会社を立ち上げるにあたって、浮いた長男を社長に押し込めることになった。ついでに引き入れた傘下の娘と見合いでもさせれば、会社同士の繋がりも深まる。

どうやらそういうことらしいと、涼は最後、吐き捨てるように言った。

茜は、ふと陽時の言っていたことを思い出した。

紀伊の会社で陽時が異動になると、そういう話をした時だ。

陽時はひとまず自分が目の届くところにいればいいと、そう言ってはいなかったか。

それは自分が、紀伊家にとってまだ便利な存在なのだと、陽時自身が知っていたということだ。

「……陽時さんもしかしたら、いつか自分が家のために利用される日が来るだろうって、そう思ってたかもしれないんだ……」

グラスを持つ自分の手が、小さく震えているのがわかる。涼が複雑そうな顔でアイスコーヒーの残りの半分を飲み干した。

「覚悟はあらはったと思うよ」

また家、だ。

茜はぐつ、と腹の底が煮えるのを感じた。

東院《とういん》家も紀伊家も、そして笹庵《ささあん》の家も。伝統がある古い一族で、格式としきたりがあって、それがとても大切なことだと茜にだって理解できる。

けれどそれは――青藍や陽時や……茜やすみれの父である樹《いつき》のように。勝手に誰かを縛りつけていいはずのものではないとも思うのだ。

涼がぽつりとこぼすように言った。

「それでも陽時さんはあの時、青藍さんのために紀伊に残らはったんやと、おれは思う」

――月白《つきしろ》が死んだ時、涼は高校生、陽時は大学生の冬だった。青藍は高校卒業後には、本格的に月白に弟子入りしていた。

通夜《つや》も葬式も終わって、『結扇《ゆいせん》』を畳むことになった。

月白邸の住人は一人、また一人と出ていって、やがて青藍はこの邸《やしき》で一人になった。

「あのころの青藍さん……ほんまに危なっかしかった」

涼が何かから視線を逸《そ》らすように、じっと窓の外を見つめている。

「部屋にずっといたはって、月白さんの遺《のこ》したあの絵を眺めて……そのうち酒まで飲み始めて、みんなすごい心配してたんや」

そのころ受験のために実家に戻った涼は、ときおり青藍の様子を見にやってきた。近くに居を構えた月白邸の住人たちも、時々訪ねてきていたらしい。

その中で一番青藍の傍にいたのは、まだ東京《とうきょう》の大学に通っていたはずの陽時だった。

「しょっちゅうこっち帰ってきて、青藍さんの傍にいたはったんや」

涼がそこでようやく茜の方を向いた。その目の縁《ふち》がわずかに赤くなっていて、きっとそのころも、涼はこんなふうに涙をこらえていたのかもしれないと、そう思った。

やがて就職活動の時期を迎えた陽時は、実家である紀伊家に戻ることを決めたのだと、涼は言った。

「あの人、紀伊家も東院家も、ことあるごとに大嫌いやて言うたはったから。それ聞いた時に、おれびっくりしたん覚えてる」

ああそうか、と茜は一つ腑《ふ》に落ちた。

紀伊家も東院家も嫌いだった陽時が、どうして自分の家の会社で働いているのか。考えてみればこんな簡単なことはない。

涼の言う通り――陽時は青藍のために、紀伊に残ったのだ。

「紀伊の扱うもんは絵具も墨も筆も、東院の分家だけあって一級品やと思う。悔しいけど他で手に入らへんもんかて、やっぱりある」

だから陽時は、いつか紀伊の長男として利用される日が来るとわかっていても。友人として、絵具商として青藍の支えになることを決めたのだ。

茜はふと向かいで、空のグラスを手持ち無沙汰《ぶさた》に握っている涼を見やった。

その涼も、青藍のために今の会社に入ることを決めた人だ。

月白を喪《うしな》ってからの日々を、死んだように生きていた青藍から、せめて絵だけは奪われないように。

全部、青藍だ。

涼も陽時も――そして茜もすみれも。

あの人に出会ってしまった。

誰も手の届かない美しさを描き出す才能と、それを持て余して孤独を選ぶ不器用さに、呆《あき》れながらも惹《ひ》かれて、心配しながら魅了されている。

でも、と涼がグラスをことりとテーブルの上に置いた。なんだか納得がいかない、という顔をしている。

「陽時さん、あれで強《したた》かな人やしな。月白邸に昔からいるだけあって、わりと自分勝手で常識知らんとこもあるし」

茜はううん、と肩をすくめた。まったく否定できないところがある。

陽時は人と人との間に立つのがとても上手だと茜は思う。話している間に、まんまと陽時の思惑《おもわく》通りに進んでいることが何度もあった。

そのくせ月白邸の住人であっただけあって、世間一般の常識とはかけ離れた一面があるのも事実だ。金銭感覚であったり、料理全般に関してであったりとか。

涼が一つ息をついて、青藍の離れをちらりと見やった。

「陽時さんが社長とか見合いとか言われて、今更おとなしく月白邸を出ていくなんて……そんなんありえへんておれは思うんやけどな」

でもそれならどうして陽時は、月白邸を出ていったのだろう。

月白邸の庭には夕暮れが訪れ始めている。橙《だいだい》色から紫に、そして深い藍《あい》色になって、やがて闇が覆《おお》い隠してしまうだろう。

太陽のようだった髪を、闇夜に溶けるように真っ黒に染めてしまった陽時を思った。

そういえばあの時、ぽつりと何かを言っていたのを、茜はふと思い出した。

——青藍には、もうおれなんていらないよ、と。

茜は、ぐっと手のひらを握りしめた。

このままではいけないことはわかっている。

青藍のために、陽時のために——月白邸の家族のために、わたしに何ができるだろうか。

3

翌日、茜《あかね》は高瀬川《たかせがわ》に面するカフェのテラス席にいた。

京都の夏にしては珍しい、からりとして爽《さわ》やかな日だ。テラス席になっているウッドデッキのすぐ傍《そば》を、高瀬川がゆったりと流れている。ほとりに揺れる桜の青葉が、久々の陽光をその身にたっぷり浴びて鮮やかな緑色に輝いていた。

テーブルの上には、両手で抱《かか》えるほど大きなカップに、たっぷりのカフェオレが。真ん中の木製の皿には、一口サイズのクッキーが盛られていた。

「——……お見合い……」

揺れる青葉の涼やかさにはそぐわない、じめっとした声だった。目の前の彼女が、どさりと音を立ててテーブルに突っ伏す。

見汐朝日《みしおあさひ》である。

耳の下でぱつりと切り落としたような、艶《つや》やかな黒髪にすっきりとした袖《そで》のないブラウスと、ダメージの入ったデニム。普段はクロスバイクで京都市内を走り回る活発な女性だった。

茜より二つ、三つ年上で、しばらく前に山形《やまがた》から京都へやってきた。今年の冬、彼女の祖母が持っていた扇子《せんす》について知るために青藍《せいらん》を訪ねてきたことがきっかけで、茜とも知り合ったのだ。

それ以来、茜とは時々一緒に遊びに出かけたり、お茶をしたりする仲になった。

——陽時《はるとき》のことを、一人で考えていても答えが出ない。

そう思っていた昨日の夜。折良くというか折悪《あ》しくというべきなのか。朝日から電話がかかってきた。

曰《いわ》く——陽時の浮気現場を目撃した、というのである。

朝日は今、麩屋町通《ふやちょうどおり》にある日本舞踊の教室で自分も弟子として学びつつ、着付け教室の手伝いもしている。

昨日その使いで寺町《てらまち》通に行った際、髪を黒く染めた陽時と、寄り添って歩く女性の姿を見た。

それを聞いた茜が、もしかすると陽時のお見合い相手かもしれない、とぽろっとこぼし

てしまってから、朝日はずっとこの調子である。

「やっぱり浮気なんじゃん……」

陽時と朝日は付き合っているわけでもなんでもないから、浮気という言葉はあてはまらないと思うのだが、先ほどからちっとも耳を貸してくれないのだ。

「……絶対いいとこの家の人だ。美人でお金持ち風で大人っぽくて色気があった」

「まだその人が、お見合い相手だって決まったわけじゃないですよ。陽時さんの知り合いが寺町で働いているので、その人かもしれないですし」

寺町通には紀伊《きい》家の小売店、紀伊筆彩堂《ひっさいどう》がある。そこでは陽時の従姉《いとこ》が働いているから彼女のことかもしれないと、茜はなだめるようにそう言った。

「でも……もしそうじゃなくても、陽時さんがお見合いするってのはほんとなんでしょ」

茜はぐっと詰まった。

朝日が両手でカフェオレのカップをぎゅうと握りしめて、細く息をついた。

「どうせだめなんだったら、一回ぐらい陽時さんの、そういう〝お友だち〟になってもよかったかな」

茜は困ったようにまなじりを下げた。

陽時にはたくさんの女性の〝お友だち〟がいる。女性とは後腐れない関係を望んで、恋

人という存在を作ろうとしない。

陽時なりにきちんと線を引いて、お互い納得の上だというから、それ以上茜に何か言えることはない。陽時もすみれや茜のいる前で、そういう話をすることはほとんどなかった。

朝日は陽時のことが好きだ。

そして陽時が、女性とそういう付き合い方をしていることも、いつの間にか察していた。

何度目かにお茶をした時に問い詰められて、どうやらそうらしいですと白状したのは茜だった。

茜が複雑そうな顔をしたのがわかったのだろう。朝日が顔を上げてへら、と笑った。

「ごめん、冗談だよ。陽時さん、あたしのことなんとも思ってないから……お友だちにもしてもらえないと思うし」

それに、と朝日が皮肉げに唇の端を吊り上げた。

「本気で好きだって言う勇気だって、あたしには結局ないんだから」

──陽時は本当の愛を信じられない人で、朝日は嘘の愛を本当だと思い込む人だ。

陽時は、紀伊の家にがんじがらめになっていた中学生のころに、今は紀伊筆彩堂で働く四つ年上の従姉に恋をしていた。

結局それはかなうことはなくて、ぐちゃぐちゃの感情の中で、周りに偽物《にせもの》の優しさを求

めることを知った。

そうしてついには、誰かから向けられる本当の想いが怖くなった人だ。

朝日は、口先だけで自分を好きだという相手に、それをわかっていながら依存してきた。

小さなアパートで彼氏に殴《なぐ》られて、それを愛だと思って生きてきたのが朝日だった。

それは本当の恋ではないと朝日に教えたのが陽時だ。それから朝日はずっと陽時のことが好きだ。

陽時の事情を朝日は知らないけれど、どこか深いところで察しているのだろうとも思う。

「あたしと陽時さん、そういうところ、ちょっと似てるかも」

そう言って、さびしく笑う時があるから。

朝日が突っ伏していたテーブルから身を起こして、茜の方を向いた。

「あのね、陽時さん……何かあったのかな」

茜はわずかに目を見開いた。朝日にはまだ何も話していなかったからだ。

「突然黒髪になってたし……」

それに、とどこか悔しそうに、それでも確信を持ったように続ける。

「一緒にいた女の人、少しも楽しそうじゃなかったから。相手がお見合いでもお仕事の人でも、一緒にいる人を笑顔にしないなんて陽時さんらしくないよ」

恋する女の人は本当に鋭いと思う。

カフェオレのカップをテーブルに置いて、茜は一つ息をついた。

——陽時が月白邸《つきしろてい》を出ていった。

そう言うと、朝日がぱっと目を見開いた。

茜は青藍と月白のことや、陽時と紀伊家の詳しいことをのぞいて、ぽつぽつと朝日に話した。

陽時の仕事が忙しくなったらしいこと、それで髪を染めたこと。お見合いをするかもしれないこと。そんな理由で陽時が出ていくとは思えないこと。

そして——あの夜。

青藍にはおれなんか必要ないのだと、陽時がそう言ったこと。

すっかり冷めきったカフェオレをすすって、茜は小さく息をついた。

「青藍さんも部屋から出てこないし、すみれも落ち込んじゃってて……」

だから茜は、茜にできることを探している。

そう言うと朝日は、しばらく黙り込んで。ややあって静かに口を開いた。

「……あたしはさ、久我《くが》さんや茜ちゃんたちの家のこともよく知らないし、月白邸のこともわかんない」

一瞬悔しそうな顔をして、でも、と朝日がまっすぐな目で言った。

「陽時さんのことだったら、ちょっとだけわかるよ」

なにせ片思い中だからね、と。冗談めかして笑ってみせる。

そうしてわずかに唇を引き締めた。

「もし本当に陽時さんが、本当に月白邸が嫌いになったのなら……きっと何も言わずに、不自然にならないように出ていくんだろうって、そう思うよ」

だってそういう人だからと、朝日はさらりと言った。

人と人との間に溶け込むのが上手《うま》くて、波風を立てることをあまり良しとしない。気遣《きづか》い屋で優しくて——昔馴染《むかしなじ》みの青藍はともかく、茜やすみれを傷つけるようなことは、きっとしないと思うのだ。

それはなんだか、茜の胸の底にすとんと落ちた。

どうしてあの日、陽時は茜にあんな言葉を残したのだろうか。

「——……朝日さん、わたし行かなくちゃ」

冷めたカフェオレを残して、茜はがたりと椅子から立ち上がった。財布から千円を取り出して慌《あわ》てて朝日に渡した。目の前で朝日が小さく笑っている。

「うん」

陽時は隠しごとが上手だ。いつだってあの笑顔の向こうに本心を押し込めてしまう。

でもあの瞬間だけ笑顔の隙間《すきま》からこぼれたそれを。

茜は拾い上げなくてはいけない。

「迎えに行ってあげてよ、茜ちゃん」

朝日の言葉を背に、茜はそこから駆け出した。

4

京都の繁華街、三条通《さんじょうどおり》と寺町《てらまち》通が交わる場所は、アーケードの交差点でもある。

まもなく祇園祭《ぎおんまつり》ということもあって、お囃子《はやし》をBGMに、提灯《ちょうちん》がずらりと吊るされている。見上げれば大きなカニの看板が足を動かし、その向こうには夏の青空がのぞいていた。

寺町通を北に少し上がったところ、御池《おいけ》通の手前にあるその場所で茜《あかね》は足を止めた。

紀伊筆彩堂《きいひっさいどう》は、紀伊家が経営する画材の小売店だ。

町屋を利用した店構えで、千本格子《ごうし》を生かしたウィンドウの横には、藍《あい》色の大きな暖簾《のれん》が、アーケードを通る風をぶわりとはらんでいる。丸に紀の字が染め抜かれていた。

百年前までここは紀伊家の本家だった。その後、大阪に本拠地を移した紀伊家は、旧本

家があったこの場所で、小売店である筆彩堂をオープンしたそうだ。

藍色の暖簾を上げると、中はしんと静まっていた。

店内は木製の什器《じゅうき》で統一されている。壁面には一枚売りの紙が、専用の棚に差し込まれていて、まるで色鮮やかに花が咲いたように見える。

店の中央には胸の高さほどの什器が並べられて、ずらりと絵具が陳列されていた。

日本画のための岩絵具や、アクリル、水彩、油絵具と様々だ。その傍《そば》にはビニールのパッケージに入った筆が吊り下げられていた。

「——こんにちは」

声をかけられて、茜は顔を上げた。

艶《つや》やかな黒髪を後ろで結んだ女性が、柔らかい笑みを浮かべていた。目の端が少し垂れた甘い表情は、どことなく陽時《はるとき》に似ている。

陽時の四つ上の従姉《いとこ》、詩鶴《しづる》だった。

「あれ……七尾《ななお》茜ちゃん？」

詩鶴が表情を輝かせた。茜は慌《あわ》ててぺこりとお辞儀をする。

「こんにちは。この間は、すみれがお世話になりました」

今年の春先、すみれが青藍《せいらん》と筆彩堂を訪ねたことがあったからだ。

詩鶴はこちらこそと言った後、困ったように母屋《おもや》に続くカウンターの向こうを見やった。

「……陽時かな」

茜はやっぱりここかと、小さくうなずいた。

陽時が月白邸《つきしろてい》を出て以降、どこで過ごしているのか、茜には見当もつかなかった。紀伊本家の場所も知るわけもなく、朝日が昨日寺町通で見かけたと言ったから、ひとまずここしか心当たりがないのだ。

「いることはいてるんやけど……今、麻里花《まりか》さんが来たはって」

詩鶴が困ったようにまなじりを下げる。聞いたことのないその名前に、茜が首をかしげた時だった。

ふわりと、甘い花の香りがした。

カウンターの向こうにかけられた暖簾を、白い手がするりと掻き上げる。女性が一人顔を出した。

「――詩鶴ちゃん、わたしもう帰るさかい、旦那さんによろしゅう言うといて」

藍色のワンピースに、長い髪をまっすぐに下ろしている。漆黒《しっこく》というより、もともと色素が薄いのか、やや茶色みがかって見えた。

身長は茜より少し高いくらい。抜けるように白い肌をしていて、長い睫《まつげ》が瞬《まばた》きをする度《たび》

にその頬にしっとりと影を落とした。

陽時によく似た女性だった。

睫がふと上がって、茜と目が合った。

「ああごめんね。お客さん？　どうぞごゆっくり――」

口の端がふわりと持ち上がる。なんて目を引く人だろう、と茜は思う。薄い紅《くれない》色の口紅が描くその微笑みから、目を離せないでいた。

次いで、その人の後ろからため息交じりに陽時が姿を現した。

「詩鶴姉さん。この人帰るって言うから、京都駅まで車呼んでやって……」

茜を見つめて、こぼれんばかりに目を大きく見開いている。

「……茜ちゃん」

ああ、と思い当たったようにそう言ったのは、陽時とよく似たその人だ。

「――……あなたが東院《とういん》の、樹《いつき》さんとこの子やね」

たとえるならさらさらと流れる、初夏の高瀬川《たかせがわ》のような、ささやかで静かな声音だった。

彼女は紀伊麻里花と名乗った。紀伊家の長女、陽時の姉だという。

茜はそれを聞いて納得した。なるほど、陽時と本当によく似ている。美しく甘やかな顔立ちも、仕草一つで人を惹《ひ》きつけてしまうところも。

詩鶴が車を呼びに、暖簾の向こうに消えていくのを見送って、麻里花は薄い唇を開いた。

「うちはお葬式には顔出されへんかったけど、お父さんから話は聞いてるんえ」

陽時と同じ、淡い瞳が不思議な色をたたえて茜を見つめる。

「去年の春やったねえ。もう一年も経《た》つんやわ……妹さんも、二人ともまだ学生さんやのに、ご両親を亡くしてしもて大変やったね」

不思議と体からこわばりが抜けた。麻里花のその甘い声を聞いていると、自分がなんだか小さな子どもに戻ったように感じる。

「ありがとうございます」

優しく頭を撫でられているような気がして、茜はちらりと笑みを見せた。

「今は、久我《くが》青藍さんのところでお世話になっています」

麻里花はそこで初めてきゅう、と眉を寄せた。ちらりと後ろの陽時を見やった。

「そう……そうやったね。今は青藍くんとこにいたはるんやった」

麻里花が頰に手を当てて、ふ、と息をついた。唇に甘い笑みを浮かべて、茜とまっすぐに目を合わせる。

「――……やっぱり樹さんの子やねえ」

それは甘く柔らかい声であるはずなのに、ひどく冷たく聞こえた。

「あの時かて樹さんが、勝手に笹庵《ささあん》から出ていってしもて。佑生《ゆうき》さんも珠貴《たまき》さんもずいぶん困らはったんやてね」

麻里花の言葉が紡《つむ》がれる度に、茜は手のひらが震えるのがわかった。

「あんまり勝手したらあかんえ」

父の葬式でも、この春に開かれた法事でも。何度も、何度も聞いた言葉だ。

――父は東院家の分家、笹庵の家の跡取りだった。東院家の重苦しい伝統としきたりと描くものすべてを決められる窮屈《きゅうくつ》さに、家を飛び出して母と結婚した。名字は母のものを選び、そうして生まれたのが茜とすみれだ。

父が亡くなった後、二人は叔父《おじ》の佑生が当主となった笹庵に引き取られた。

美しく瑞々《みずみず》しい笹が庭を埋める静寂《せいじゃく》に支配された邸の中で、家を捨てた父と、そんな父をたぶらかしたとされる母への言葉を、二人はずっと聞き続けたのだ。

誰とも知れぬ女と駆け落ちし、東院の家を捨てた――ひどく忌《い》まわしいもののように。

そうして茜とすみれに言うのだ。

周りを困らせてはいけない。

父のように、母のようになってはいけない。

「――あなたたちは、いい子でいなあかんね」

この人の声の柔らかさは、甘さは、優しいからじゃないと茜は気がついた。

茜のことを本当に子どもだと思っているのだ。大人に従い意見を持ってはいけない小さな子どもなのだと。

「姉さん」

陽時がいてもたってもいられなくなったかのように、麻里花と茜の間に入ってくれた。

その先を続ける前に、彼女が陽時の肩にその白い手をそっと置く。

「陽時もようやっと聞き分けてくれて、ほんまによかった――曲がりなりにも紀伊の長男が、あんなところにいたら周りから笑いもんになるとこやわ」

その声の甘やかさが、茜は今、震えるほど不愉快だった。

「――あんなところってどこのことですか。月白邸のことですか」

茜は真っ向から麻里花を睨《にら》みつけた。

「青藍さんとわたしとすみれと、陽時さんの住む、おうちのことを言っていますか?」

陽時が困ったように視線を逸《そ》らした。

でも茜はここで黙るつもりはなかった。聞き分けのない子どもで結構だ。

「笑われたっていいですよ。よくない子でもいいです。わたしたちは、青藍さんがいる月白邸が大好きですから」

麻里花の眉根がぎゅっと寄る。怒らせたかもしれないと思った。

怒ったところもやっぱり陽時にそっくりだ。笑顔を浮かべたまま、その目の色だけが不愉快そうに昏《くら》く染まるから。

でも茜は不思議と少しも怖くなかったのだ。

大事なものは言葉にしないと伝わらないと、茜は知った。

だから月白邸を大好きだと、もう胸を張ってそう言えるから。

「──麻里花さん、車、来ましたよ」

詩鶴が遠慮がちに暖簾の向こうから顔を出した。ほらと陽時に促《うなが》されて、麻里花は一つうなずくとするりと茜の横を通り過ぎる。

端の垂れた甘やかな瞳が茜を睥睨《へいげい》した。

「……嫌な子やわ」

囁《ささや》くようにそう言い捨てたのが聞こえた。きっと陽時にもその声が届いたのだろう。どこか困ったような顔で姉の背を見送っていた。

筆彩堂の母屋には、茜も一度上がったことがある。表店と渡り廊下で繋がった大きな邸《やしき》だ。坪庭《つぼにわ》を奥に配置した、京都の町屋の造りだった。

陽時はその庭の見える部屋に茜を上げてくれた。

天井を見上げると、飴《あめ》色の艶やかな梁《はり》が天井を支えている。年季を感じさせる建物だが、十分に手入れされて丁寧《ていねい》に使い込まれているのだとわかった。

庭に続く縁側は、昔は開け放たれていたのだろうが、今は掃き出し窓がつけられている。その向こう、坪庭には青い葉を茂らせた桜と紅葉《もみじ》が、夏の強い光に照らされていた。

月白邸を出てから、陽時はしばらくここで寝起きしているのだと言った。

「叔父さんたちは、ちょっと前までここに住んでたけど、今はほとんど近くのマンションにいるし。詩鶴姉さんも――」

陽時が小さく笑った。

「二条《にじよう》にマンション買ったんだって。だから今は、旦那さんと二人でそっちに住んでる」

どこか吹っ切れたようで、それでもまだその胸の内にきっと甘い痛みを抱いているのだろうと、茜はそう思う。

詩鶴は陽時の、どうしたって報《むく》われない恋の相手だった。

美味《おい》しい茶を淹《い》れる技量はないからと、外の自販機で買ったらしい缶コーヒーを、陽時がそのまま渡してくれた。キンと冷えた缶が熱を持った手のひらに心地良い。

苦みの強い缶コーヒーの味が、頭の芯をすっきりとさせてくれる気がした。

「――悪い人じゃないんだよ、麻里花姉さんも」

陽時が缶コーヒーの蓋《ふた》を開ける、ぱきりとした音が妙に大きく響いた。

――姉は父の言うことをよく聞く人だったと、陽時は言った。

父の言う通りに生き、家の決めた人と結婚をし息子を生んだ。それが当たり前の世界で、何の疑問も持たずに生きてきた人だった。

良い子でいなければいけない、と麻里花が言うそれは、きっと彼女自身が言われ続けてきたことでもあるのだ。

「おれや青藍の実家には、ああいう人が本当にたくさんいて……」

陽時は浮かべていた笑みを消し去って、す、とその瞳を冷たく凍らせた。

「おれはそれが、大っ嫌いだったんだ」

だったら、と茜は意を決して陽時の方を向いた。

「……どうして、そんなとこに戻るなんて言うんですか」

その声が思ったより泣きそうだったのかもしれない。陽時が目の前で少しうろたえたのがわかった。

こんなところにいなくたって。あんなふうに悪《あ》し様に言われるのに耐えなくたっていいはずだ。

「月白邸に戻ってくればいいじゃないですか」

茜がそうまっすぐに見つめた先で、陽時はしばらく呆然としていて。そうしてやがて、唇を結んで、小さく首を横に振ったのだ。

「……そうじゃないんだよ、茜ちゃん」

陽時の顔は笑っていて、それでもひどく歪《ゆが》んでいる。

紀伊の家も東院家だって関係ないのだと、陽時がぽつりとつぶやく。

「おれがガキみたいに……一人で勝手に傷ついてるだけなんだ」

見ているだけで胸が苦しくて息が詰まりそうで、それでも──ああ、やっとこの人の笑顔の向こう側を見ることができたのだと、そう思う。

茜はその時、確かに陽時の心の底に触れたのだ。

──陽時が月白邸に転がり込んで、初めて東院青藍と顔を合わせた時。その瞳の色にぎょっとしたのを覚えている。

青藍は一人で離れで一心不乱に絵を描いて。ふと顔を上げてこちらを睨みつける瞳の鋭さと、泥濘《でいねい》を呑んだような昏さを目の当《ま》たりにして、陽時は息を呑んだ。

なんなんだ、こいつ。

青藍は東院家の当主の子どもだそうだが、兄とは母が違うらしい。

紀伊の家で、そういえば陽時も聞いたことがあった。

あの子は間違いの子なのだ、と。

陽時はすぐに月白邸に馴染《なじ》んだ。もともと人と話すことは嫌いではなかったし、月白邸の職人や芸術家たちと接するのは、いつだって面白かったからだ。

その職人たちがことあるごとに陽時に言った。青藍と友だちになってやってくれないかと。

どうやら自分と同い年らしいその少年を、みなどう扱ったものか困り果てているようだった。

けれど陽時はしばらく青藍とは口もきかなかった。

暗かったし少しばかり怖かったし——それにみんなが……月白までもが青藍のことを心配して気にかけていて。

本当は少し、悔しかったのだ。

その当時の陽時は、詩鶴への想いを自覚して筆彩堂へ足繁く通っていたころだったが、同時にこの気持ちが報われないこともどこか理解し始めていた。

詩鶴はいつだって、陽時と違うところを見つめていたから。

その焦燥《しょうそう》が、今は哀《かな》しさやさびしさだったとわかるのだけれど、その時はぽかりと穴の開いたようなそれがひどく苦しくて、それをなんとか埋めてしまいたくて仕方がなかった。

笑いかければみんな優しくしてくれる。それっぽいことを囁けば、陽時のことを好きだと言ってくれる。

まだ未熟なくせに、そういう安っぽい関係性に逃げ込もうとしていたころでもあった。

それでもふとした時、開いた穴が埋まらなくてどうしようもなくなって、一人になれる場所でよく黙り込んで膝《ひざ》を抱《かか》えていた。

それがいつしか青藍の住む離れになったのは、そこにいれば誰も声をかけてこなくて、存分に一人でいられたからだ。部屋の主である青藍はいつも自分の描いた絵ばかり見つめていて、陽時には少しの興味もないようだった。

青藍は時間さえあれば、ずっと絵を描いていた。

最初は暗くて怖くて、月白たちにかまわれていて嫌なやつだ、と思っていた陽時は、だんだんと青藍の絵に惹きつけられるようになった。

その絵に描かれたたくさんの花々は、その香りまでが見えるようだった。

歪《いびつ》に建て増しされた建物と、そこに暮らす奇妙な人々。縁側に時々遊びに来る近所の飼い猫はいつだって、触れればふかふかとあたたかそうだ。

空に広がる樫《かし》の木は、葉の一枚一枚が太陽の光を透かし、枝にわずかに描かれた陰影で、そこを通る風の形さえわかるようだった。

きれいだな、と思う。

こんな絵を描けるなんて、悔しいけれどこいつは案外すごいやつなんだ。

一つ、陽時の記憶に残る絵がある。

その時も陽時は青藍の部屋にいて、ひどく落ち込んでいたのを覚えている。馬鹿な遊びのツケをちょうど払わされたところだったから。

当時からたくさんいた、仲の良かった女の子の一人に言われたのだ。

陽時くんはいつも本気じゃないよね、と。

何でもないその言葉は、陽時の一番深いところに突き刺さった。

わかってるんだ。おれが本気じゃないから本当の言葉がもらえない。だからいつだって陽時のぽっかりと開いた穴は埋まらずに、じくじくと痛むばかりだ。

それでわかりやすく傷つくだけのかわいげと青さが、まだ陽時にもあったころだった。

膝を抱えてうつむいていた陽時に、青藍がふいに一枚の絵を差し出した。

東山《ひがしやま》の美しい朝日の絵だ。

山の端《はこ》を焦がして昇る太陽は、その縁《ふち》を橙色《だいだい》に——中心は目の覚めるような金色だっ

た。

惜しげもなく重ねられた金泥《きんでい》の、たっぷりと厚みのある金色はまるで宝物のように煌々《こうこう》と輝いている。

今まで見たどんな絵よりも美しいと、陽時は思った。

——お前みたいやろ。

たぶん、それが青藍とまともに口をきいた最初だった。

なんでおれ、とか、何これ、とかそういうようなことを問い返したのだと思う。そうしたらどこか拗《す》ねたように、青藍がぼそりと言った。

——お前が笑てるとこはおひさんみたいで……まあ、悪ない。

その瞳の奥がぱちぱちと光をはらんでいて、こいつは本当にそう思っているのだと、すとんと心の内側に落ちた。

この美しい絵を描く人間が、自分のことを太陽のようだと心から言っている。

それが陽時にはとても誇らしくて、たまらなくうれしかった。

だからあの時、陽時は本気で思ったのだ。

——この美しい絵を、おれが守ってやらなくちゃだめだ。

青藍にも陽時にも等しくのしかかる、あのしきたりとか伝統とかわけのわからない重苦

しいもので、縛り上げられてはいけないのだと。

陽時がコーヒーの缶をぐっと握りしめた。

「……月白《つきしろ》さんが死んだ時、青藍はまともに絵を描くのを忘れたみたいだった」

青藍は月白の遺《のこ》した絵の前でぼんやりと過ごすばかりで、時々思い出したように描き散らすそれは、陽時の知っているきれいで色鮮やかな青藍の絵ではない。

そんなのはだめだ。

その美しく色彩あふれる絵は――だって、お前のすべてだろう、青藍。

抜け殻《がら》のようになっていた青藍のために、画材を手配したのは陽時だ。

紙をそろえて絵具をそろえて、月白の使っていた仕事部屋の棚に詰め込んだ。使われたままになっていた筆や皿を洗って乾かしてコンテナに並べた。

それから見よう見まねで膠《にかわ》を煮て、ぼんやりとそれを眺めていた青藍の腕を引っ張って、月白がいつもいた縁側に座らせる。

そうしてついに青藍がその筆を握った時。

これでやっと青藍は、あの美しい絵を取り戻すと、陽時は思ったのだ。

陽時がぎゅう、と唇を結んだ。少しためらってそれでも震わせるようにその口を開く。

それはひどく残酷な懺悔《ざんげ》のようだった。

「こいつには、おれがいなくちゃだめだ。おれが、こいつのあの美しい絵を守ってるんだって……たぶんおれ、どこかでそう思ってたんだ」

遠くから祇園祭のお囃子が聞こえる。それは皮肉なほど軽やかな気がした。

それから六年近く経って、茜とすみれが月白邸にやってきた。

壊れたままの青藍の時間が少しずつ進み始めたのは、そのころだ。

誰かと一緒に過ごす大切さを知って、青藍は不器用ながらも家族として、ゆっくり歩き出そうとしている。

陽時はそれがうれしかった──うれしいはずだった。

「二カ月ぐらい前かな。麻里花姉さんに話があるって言われた」

父が陽時に新しい会社を任せたがっていると姉は言った。だからいい加減月白邸に入《い》り浸《びた》るのをやめて、戻ってこいとも。

その時が来たのだと、陽時は思った。

中学生の時、陽時が家を飛び出した後に、父は長女の麻里花に婿《むこ》を取らせて紀伊の家を継がせることを決めた。

大学生になって陽時が紀伊の家で働くと言った時、父は案外あっさりうなずいた。

あの父が何の意味もなく自分を働かせるわけがないと思っていたから、きっといつか自

分を、紀伊の駒として使う時が来るだろうと、陽時自身もそう思っていた。

「最初は冗談じゃないって突っぱねるつもりだったんだ。本家に戻るつもりもなかった」

新会社立ち上げの仕事を手伝いながら、それでもその上に収まるつもりはないと、陽時ははっきり言い続けた。

そんなことになれば、青藍の傍にはいられなくなる。青藍の絵を支えることができなくなる。

けれど陽時は、あの日、あの絵を見てしまった。

東山の朝日の絵だった。

見事だと思った。細部まで精緻《せいち》に描き込まれた筆遣《ふでづか》いも、白と黒の陰影だけで見せるその奥深さも。

けれどそれは東院流の美しさだ。

青藍は言った。

――ぼくの中に誰かが残していったものを、そろそろちゃんと知ってもええころや。

それは月白であり、月白邸の芸術家や職人たちであり――青藍と陽時が忌避《きひ》し続けた、重い伝統としきたりにがんじがらめにされた、東院家の珠貴や宗介《そうすけ》だ。

「おれ、青藍のあの絵を見た時に気がついたんだ」

ああ、きっと青藍はもう大丈夫だ。誰かがその背を押してやらなくても一人で歩いていける。

その瞬間、ふいに足元がふわりと浮いたような気がした。

ここはもう、おれの場所じゃなくなったのだ。

「だから、青藍には……青藍の絵にはもう、おれなんていらないんだよ」

陽時は真っ黒に染めた自分の髪を一房《ひとふさ》つかんで、そう絞り出すようにつぶやいた。

——祇園祭のお囃子を遠くに聞きながら、茜はコーヒーの缶を畳に置いて、そしてその手をそっと伸ばした。

「家も会社も関係ないよ。……全部おれが子どもみたいに、一人で空回ってるだけ」

陽時のその声が、まるで幼い子どもが泣いているように聞こえて、陽時に触れる寸前だった手を、きゅうと握りしめた。

ここに来るまでは、陽時を引きずってでも月白邸に連れて帰るつもりだった。

でも今は違う。わかってしまったのだ。

目の前で顔を伏せて、情けなさげに笑っているこの人に手を伸ばすのは。

茜でも、すみれの役目でもないのだと。

5

岡崎《おかざき》の夜は静かだった。祇園祭《ぎおんまつり》をひかえて浮き立つ街の喧騒もここまでは届かない。

盆を手に、塀《へい》の中を通るような渡り廊下を歩きながら、茜《あかね》はふと立ち止まって耳を澄ませる。

空気は相変わらず蒸し暑く、立ち止まるとじわりと汗が滲《にじ》み出す。月白邸《つきしろてい》の庭で鳴くりいりぃという虫の声が静かに響いていた。

陽時《はるとき》が出ていってから月白邸はひどく静かで、まるで笹庵《ささあん》の家みたいだった。

たどり着いた青藍《せいらん》の仕事部屋は、惨憺《さんたん》たる有様だった。

絵具の棚は扉が開け放たれたままになっていて、瓶や袋があちこちに散乱している。蓋《ふた》が取れたままのものも袋が開けっぱなしのものもある。

筆も小皿も水入れも、使ったものもそうでないものも乱雑に積み重なっている。筆入れは横に倒れていて、鉛筆が机の上に転がっていた。

足元でくしゃりと音がして、茜は慌《あわ》てて飛び退《の》いた。

絵だ。

庭の青紅葉《あおもみじ》に葉桜、石畳を覆《おお》い隠すような青い下草、庭の隅から顔を出している向日葵《ひまわり》のつぼみ。迷い込んできた蝶々が、茜の足元でくしゃりと皺《しわ》になっている。

見上げた空を木々が切り取っている様。それに重なるように投げ出されているのは、

──誰もいない静かな夜の縁側だ。

目につくものを手当たり次第に描いたのだろう。そのどれもが、茜の見てきた青藍の絵とも思えないほど筆が荒れていた。

描き散らされた絵のただ中に、青藍が座り込んでいた。

長い足を片方立てて、それを体の前に抱《かか》えるようにしている。傍《そば》には酒の満たされたガラスの酒器があって、そこから酒を猪口《ちょこ》に注いで呷《あお》っているようだった。

右手には絵具がついたままの筆を握っている。

いつもの爽《さわ》やかな白檀《びゃくだん》の香りがしない。酒と絵具のにおいで部屋が満ちている。

これか、と茜は胸をつかまれる思いだった。

青藍の、月白《つきしろ》が死んでからの日々を、茜はいま目《ま》の当たりにしている。

酒を飲んで苛立《いらだ》ちとさびしさを吐き出すように絵を描いて、そのただ中で眠り、起きてはまた筆を握っていた。

この人はきっと描くことでしか、心を表すことができないのかもしれない。

盆を持っている手が震えるのが、自分でもわかった。

ふと目を離した隙《すき》に、どこかにふらりといなくなってしまいそうで。それがたまらなく恐ろしかった。

「青藍さん」

そう呼ぶ声は気が焦《あせ》ってうわずった。途端に温度のない瞳がこちらを向いて、ぎくりと体が硬直した。

無理やり体を動かして、その手から猪口を奪い取って、代わりに氷のたっぷり入った麦茶のグラスを握らせる。一瞬不満そうな顔をした青藍を、なんとかまっすぐ見つめた。

「飲んでください」

「……いらへん」

ぼそりと青藍が言った。突きはなされたような気がして、一気に不安になった。

不安で怖くて、目頭《めがしら》がじわりと熱くなる。

「嫌です……」

陽時が出ていってからずっと抱えていた不安が、今ここで全部あふれたみたいだった。

「青藍さんまでどこか……行かないでください」

ぱたぱたとこらえていた涙が畳にこぼれ落ちる。青藍が息を呑んだのがわかった。

「……茜？　おい、茜」

青藍がうろたえたようにあちこち視線をやる。茜が無言で麦茶のグラスを指すと、慌ててそれを一気に飲み下した。

「飲んだ。飲んだから……」

青藍の弱りきったというような声が聞こえる。きっと情けない顔をしているのだろうけれど、視界が滲んでよくわからなかった。

「泣くな、茜」

大きな手がふわ、と頭に触れた。

青藍はいつもこうだ。茜に触れる時もすみれに触れる時も、いつも少しぎこちなくて、そうしてとても優しい。

ぐっと涙を拭《ぬぐ》うと、まだ幾分滲んだ視界の先で青藍が困ったようにこちらを見つめていた。どうしていいのかわからないとまなじりを下げるその顔は、もういつもの青藍だ。

「……ごめ、なさい……」

それに安心したら、またほろりと泣けてきた。

「――……ぼくは、どこも行かへんから」

そう言って、無器用に頭を撫でるその手のあたたかさに、ようやく大切なものを取り戻

したような、そんな心地がした。

ほろほろとこぼれる涙がようやく収まって、茜はそのまま青藍の傍に座り込んだ。周りは描き散らされた絵で埋まっていて、それがぼんやりと電灯に照らし出されている。

青藍の世界のただ中にいるようで、少し不思議な気分だった。

「——筆彩堂《ひっさいどう》で、陽時さんに会ってきたんです」

ぽつりと茜がそう言うと、青藍が顔を上げたのがわかった。

少し迷って、茜はやがて口を開いた。陽時が茜に話してくれたことは、きっと青藍も知っておくべきだと思ったから。

中学生のころに描いてもらった青藍の絵のこと。月白が亡くなった後、青藍を支えてきたこと。

青藍が再び一人で歩き始めたことがうれしくて、そして自分の役目はもう終わったのだと、そう思ったこと。

そうしたら居場所がわからなくなったこと。

陽時が笑顔の内側に隠していたものに、ようやく触れることができたこと。

全部を聞いて、青藍は静かに息を吐いた。

そうしてその黒髪をくしゃりとかきまぜて、何度かため息を繰り返した後。憮然《ぶぜん》とした表情で言い捨てたのだ。

「……あれが、そこまで馬鹿やと思わへんかった」

茜がきょとんと、傍《かたわ》らの青藍を見上げる。

「あいつがいてへんかったら……ぼくには何も描かれへんかったのに」

──月白が死んでからのことは、青藍にとってはずいぶん曖昧《あいまい》な記憶だった。

筆を握って何かを描き散らしていたような気はする。ただそれは色も意味もなく、筆先が紙を滑っていく日々をぼんやりと過ごしていた。

まるで呪われてでもいるかのように、月白が最期《さいご》に描いた絵の前で、ただ膝《ひざ》に顔を埋めて過ごしていたある日。

東京から戻ってきていた陽時が、勝手に画材で月白の部屋を満たして、その青藍の襟元《えりもと》をつかんで叫んだのだ。

──いい加減にしろよ、いつまでボケっとしてんだ。

無性《むしょう》に苛立《いらだ》って、青藍もその胸ぐらをつかみ返した。意味もなく描き散らされた灰色の絵が折り重なる中で、月白が亡くなって初めてつかみ合いの喧嘩をした。

ここに住み着いていた住人たちは他にもう誰もいない。二人きりの、ひどく静かな喧嘩

だった。

その時陽時が叫んでいたことを、青藍は覚えている。

――お前には、絵しかないんだろ！

その絶望も哀《かな》しみも、心を表すにはすべてを筆にのせるしかないのだ。

まともに手が動くようになったのはそこからだった。

月白を失った辛《つら》さも、さびしさも癒《い》えることはなかったけれど。この哀しさを絵にのせていいのだと、そう思えたのは陽時がいたからだ。

「それから涼が仕事を持ってくるようになって、陽時が就職してうちに来るようになって、……茜とすみれが来た」

こちらを見つめるその茜の目が真っ赤に腫《は》れていて、ああ、泣かせてしまったのだったと思う。

茜とすみれが来て、青藍は孤独の淵《ふち》から抜け出すことができた。かつての月白邸の住人たちと再会して、その思い出が自分の中に残っていることを知った。兄である珠貴《たまき》と父である宗介《そうすけ》のことを、ほんの少しだけれど理解することもできた。

絵とは一人で描くものだと思っていた。

でもどうやら、それは違うらしいのだ。

「ぼくの中には、誰かの残したものがあるて、わかった」

青藍はゆっくりと体を起こした。ずいぶんと同じ姿勢でいたから、ぎしりと体が軋《きし》む。

描き散らした絵を拾い集めて端へ置いて。完成間近で筆を止めていた、その絵をまっすぐに見つめた。

「──茜、手伝え」

どうやら一人で悩んで、そうして一人で決めてしまった馬鹿を、迎えに行ってやらなければいけないらしい。

だいたい、と青藍は一つため息をついた。

「あの馬鹿は勘違いしてるんや」

精緻《せいち》に描き込まれたその絵を見つめて、青藍はふんと腕を組んだ。

あの太陽すら白と黒で塗り潰《つぶ》してしまうその絵が、青藍は昔から大嫌いだった。

その東院の絵を描いてただ自分の中にあるものを確認して、ぼくが本当にそれで満足すると、本当にあの馬鹿は思ったのだろうか。

視界の端に鮮やかな陽光の幻を見た。

「ぼくを侮《あなど》って勝手に出ていったんや。……目にもの見せたる」

青藍は誰に何と言われようと、絵師『春嵐《しゅんらん》』だ。

どこにも与《くみ》せず、誰にも縛られずに——誰より美しいものを描くと決めている。

——……腕が痛い。

二の腕がパンパンになっていて、この分だと明日は筋肉痛間違いなしだろう。茜が脇に投げ出されたスマートフォンを見ると、深夜二時を過ぎたところだった。

茜の目の前にはやや大きめの白い皿が置かれている。横には皿を温めるための機械があり、その皿に白い紙に包まれた金色の粉を入れてから、どろっとした液体を加えて、時々温めながらとにかく混ぜろと言われたのだ。

皿の中にはなめらかになった金色の液体が、どろりと溜まっていた。

いつも引きこもっているくせに、青藍の体がきれいに引き締まっているのは、こういうわけかと茜は納得した。

身の丈《たけ》より大きな板を運んで紙を張ることも、絵具を作ることも、絵を描くことは想像していたよりずっと重労働だ。

茜はふう、と一つ息をついてその青藍を見やった。

畳の上に大きな真四角に近い絵が横たわっている。その前に膝をついて、刷毛《はけ》を手に先ほどからそれをじっと見つめていた。

深夜になって月白邸の庭には、ようやく夜らしい涼しさが訪れた。開け放たれた障子《しょうじ》の向こうから、風がすっと差し入ってくる。

空にはふっくらとした月が、薄雲を透かしてぼんやり浮かんでいた。

風が吹く。雲が揺らいで、その隙間《すきま》からほろりと月の光がこぼれた。

――月白《げっぱく》だ。

青藍の前髪が風にさらりと揺れる。その月白の光に照らされて、黒曜石の瞳の中に光を散らしたのが見えた。

その瞳に惹《ひ》きつけられる。

筆が絵を撫でる度に、ぞくりと背筋が粟立《あわだ》つのがわかる。

その真剣な横顔に、時折恍惚《こうこつ》とした笑みが浮かんでいるのを、青藍自身は気がついているのだろうか。

青藍自身が見つめ続けている、美しいもののように。

この人が絵を描いている姿を、茜はずっと見ていたいと――そう思うのだ。

「――青藍」

控えめな声が聞こえて、茜ははっと我に返った。すみれが障子の向こうから小さな顔をのぞかせている。

「すみれ、こんな時間にどうしたの？」

「茜ちゃんだ！」

すみれが眠たそうな目をこすりながら、青藍をうかがう。青藍がうなずいたのを見て、ぱたぱたと仕事部屋の中へ駆け込んできた。

その目があちこちさまよって、やがて落胆したように、そして茜の服の裾《すそ》をきゅう、とつかんだ。

「……陽時くん、まだ？」

茜はわずかに目を見開いて。そうしてすみれの髪をさらりと撫でた。妹はますます落ち込んだようにぐっとうつむいてしまう。

「心配せんでええ、すみれ」

青藍がふん、と胸を張った。その頬にも指先にも、鮮やかな絵具が散っている。

「あの馬鹿、いつまでもぐずぐずしてそうやからな──ぼくが迎えに行く」

すみれは目を丸くして、やがてじわりと滲むような笑みを浮かべた。

「うん……うん！」

それから、はっとして、キリっと顔を引き締める。

「青藍、もう陽時くんにわがまま言って、喧嘩しちゃだめなんだよ」

「……ぼくやない」

青藍がぐう、と不満そうに唸《うな》るのを聞いて、茜は肩を震わせて笑った。

「日頃の行いってやつですね」

そもそもこの部屋の有様である。

欠けた皿や古くなった筆はその都度《つど》、陽時が修理したり回収したりしていたのだろう。

今は部屋の端に適当に積まれている。

紙は青藍が好んでそれらから使うから、質の良いものは品切れだ。膠《にかわ》も棒状のものがあと少し、このまま好みに合わないものを使うしかなくなるけれど、これも青藍が嫌がるだろう。

絵具も青藍が気に入って使っているものは、もうあとわずかになっている。

それに気がついた青藍が、不機嫌そうに舌打ちする様子を見て、すみれがはあ、とわざとらしくため息をついた。

「やっぱり、青藍は陽時くんがいないとだめなんだから」

ぐ、と眉を寄せたのは青藍だ。

「ぼくが買いに行けばええんやろ」

「あの人込みの中をですか？　この真夏に？　もうすぐ祇園祭ですよ」

しらっと茜が言うと、青藍が顔を歪めた。

一年の中でも特に観光客が怒濤《どとう》のごとく押し寄せる期間である。ただでさえ人込みも暑いのも嫌いな青藍だ。家から出て数歩で戻ってくるのが目に見えていた。

「……インターネットのショップがある」

「メッセージアプリすら使いこなせてない人が、分《ぶん》不相応ですよ」

さらりと辛辣《しんらつ》に言った茜は、そもそも、と首をかしげた。

「青藍さん、クレジットカードとか持ってるんですか？」

「そんなん持ってるに決まってる。…………………たぶん」

付け加えられた「たぶん」で、青藍がそろりと視線を逸らしたのがわかった。

突っ込んで聞くと、陽時が作っていたような記憶はあるけれども、どこにあるかはいまいちわからない。たぶん陽時がそれであれこれ支払いをしていた、というような答えがぼそぼそと返ってきて茜は啞然とした。

「……早く陽時さんに、帰ってきてもらわないと困る」

仕事とか絵師とかそれ以前に、なんだかいろいろな生活が成り立たないような気がしてきた。

文字通り頭を抱えた茜に、とうとう青藍がどかりと畳にあぐらをかいた。

「なんや、どいつもこいつも。ぼくかて別に一人でもちゃんと暮らしていけるんやからな」

言い草がまるで子どもである。拗《す》ねたようにそっぽを向いて。

でも仕方がないなあというふうに、ふいにぽつりと付け加えるのだ。

「……あの馬鹿がいてへんと困るんは……確かや」

月白《げっぱく》の淡い色が滲んでいるかのような風が、ほんのかすかなその声を、茜とすみれにも届けてくれた。二人で顔を見合わせて、ふふ、と笑う。

「茜ちゃん。すみれ、みんなでご飯食べたい」

すみれの小さな手が、それぞれ青藍の着物と茜の服をぎゅっと握りしめる。

そうだね、と茜は小さくうなずいた。

6

七月一日から始まった祇園祭《ぎおんまつり》は、もうすぐ宵山《よいやま》を迎える。山鉾町《やまほこちょう》ではあちこちに山や鉾が立てられ、その前後に提灯《ちょうちん》がずらりと吊り下げられていることだろう。

鉾の上では鉦《かね》と笛と太鼓のお囃子《はやし》が奏《かな》でられ、夕方から始まる大通りの歩行者天国を、みな今かいまかと待ちわびている、そのころ。

屏風《びょうぶ》展《てん》が開かれていた。

下鴨《しもがも》神社の傍《そば》、糺《ただす》の森近くにある東院《とういん》本家では、その喧騒が嘘のような静寂《せいじゃく》の中、
糺の森は二千年以上前の植生を残す、神の森だ。

森を通り抜ける風が木々の影でさらりと冷やされて、汗ばんだ肌にしみ通っていくのがわかった。

さらりと目の端で髪が揺れる。

それが人工的な黒色で、陽時《はるとき》は口の端を少しだけ持ち上げて笑った。

髪色を黒に戻すのは、どれぐらいぶりだっただろうか。

初めて染めたのは中学生の時。月白邸《つきしろてい》に転がり込んでからだ。長期休みで学校の目が届かない時期に色を抜いた。

何色にしてもよかったのだけれど、金にしたのは美しい色の太陽を——お前みたいだと、大切な友だちにそう言われたのが、うれしかったからだ。

それから長期休みの時には、度々《たびたび》同じように色を抜いた。

高校でバスケ部に入って、三年間は表だってはおとなしくしていたと思う。完全に金色で通すようにしたのは大学に入ってからだ。

大学を卒業する時、陽時は紀伊《きい》の家で働くことにした。誰か青藍《せいらん》の傍《そば》にいて、必要なも

のをそろえてやる人間がいると思ったからだ。

突然家に戻ってきて、外回りの御用聞きを引き受けると言った陽時に、父は小さく顔をしかめて一度うなずいただけだった。

当然髪を染め直せと言われたが、それは無視した。

金色に染まった髪を見る度に、父や姉がなんだか嫌そうな顔をするのが悪くないと思っていたからだ。

「――お行儀良くしてや、陽時」

姉の声に、陽時ははっと我に返った。淡い藤色の着物を着た麻里花《まりか》が、陽時を見上げている。艶《つや》やかな黒髪は頭の後ろで結い上げられていた。

陽時も今日は改まった格好をしている。

細いストライプが入ったネイビーブルーのスーツに白のシャツ、ネクタイは姉が選んだ質の良いチャコール。

「相手のお嬢さんも来たはるから」

どうやらこの屛風展で、見合いの相手と顔合わせでもするらしい。相手には申し訳ないが、それがどこの誰かということも、どんな人なのかということも、陽時にはあまり興味がなかった。

でもきっと姉のような人なのだろうなと思う。

小さなころから、周りが勝手に自分のことを決めていくのが、陽時は気持ち悪くて仕方がなかった。けれど姉はそれを平然と受け入れられる人だ。

そういう人と陽時は結婚するのかもしれない。

なんだか、もうそれでもいいかと思った。

自分でも驚くほど投げやりな気分だった。足元がぐらぐらとしていて、おぼつかない。

それはきっと——帰る場所がわからないからだ。

自分で捨てたくせに、と馬鹿みたいな気持ちになった。

ぎしりと足元で板間が軋《きし》んだ。

東院本家の本邸は寺のような造りで、ひどく広大だった。部屋の周りを廊下がぐるりと巡り、いつもは閉ざされている障子《しょうじ》やふすまや雨戸がすべて取り払われている。

外に向かって開け放たれた部屋のあちこちに、東院家が誇る美しい屏風や、衣桁《いこう》にかけられた着物が飾られているのが見えた。

それを目の端で流し見ながら、陽時は微笑みすら浮かべずに、すれ違う東院家の弟子や親戚たちに会釈《えしゃく》していた。

姉と親戚たちが話しているのが聞こえる。

よかったなあ戻ってきはって。ずっといてたんやろう、あの久我《くが》さんとこに。そう住んでたんやあらへんのね、でもしょっちゅう行ってたって。あそこ『結扇《ゆいせん》』の……珠貴《たまき》さんの弟の――……。

お前、好き勝手言われてるぞ青藍、と陽時はなんだかおかしくなる。

絵があちこちに飾られている。東院門下の絵師たちが描いたものだ。細い筆で細かく描き込まれていて、その淡くとどめられた色使いと精緻《せいち》な筆遣《ふでづか》いは確かに美しい。

この神の森にふさわしい静かな絵だった。

けれどどれも、青藍の描く絵の美しさにも鮮やかさにも、とうていかなわないのだ思う。

やっぱりおれはこの人たちの絵もこの静寂も、お前のためだと自由を奪うその傲慢《ごうまん》さも。

何一つ好きになれないのだ。

視線の先に珠貴がいた。陽時を見つけて、どこか苦い顔をしている。

「……お久しぶりです」

視線を逸《そ》らして頭を下げた。

背筋をピンと伸ばした涼やかな人だ。その瞳の奥に宿る怜悧《れいり》な光が、陽時はどうしても気に食わなかった。

麻里花と簡単な挨拶を済ませて、珠貴がその視線を陽時に向けた。

「青藍が屏風展に絵を出すて言いだした時、ついに戻ってくる気になったんか思たんえ」

「珠貴さんにしたら、欲しいものが手に入ってよかったですね」

ずいぶんと皮肉めいた口調だったのだろう。陽時、と横から姉にたしなめられる。だが珠貴はどこか困ったものを見るように、苦い顔で笑った。

「青藍がほんまに、東院として絵を描いてくれるて言うんやったら、よかったんやけどな」

陽時はわずかに目を見開いた。

この人も少し変わったのかもしれない、と陽時は思う。こんな何かを面白がるような、笑いを含んだ顔をする人ではなかった。

「絵もギリギリまで見せようとせえへんし、いざ何を描いたんや思たら、あれやさかいね」

珠貴がため息交じりに腕を組んで示した先。奥まった部屋に人が集まっていた。ざわめきに揺れているのがわかる。

「ほんま、扱いにくい弟やわ」

そう珠貴が言ったのとほとんど同時だった。その人込みを割って姿を現した人物がいる。白檀《びゃくだん》がさらりと香った。

青藍だ。

灰青《はいあお》の着物に濃紺の羽織はどちらも絽《ろ》で、夏のよそ行き用に仕立てたものだ。それ以外

はいつもの青藍だが、髪の端々《はしばし》にワックスで寝癖《ねぐせ》をなんとかしようとした跡があった。その着物を着るなら髪は後ろになでつけた方がいいとか、帯に根付けの一つでもぶら下げた方が粋《いき》なのにとか、詮《せん》ないことが頭の中をぐるぐると巡る。

何を言うか迷って、たぶん一番関係ないことがぽろりと転がり出た。

「お前、髪撥《は》ねてる。もっとちゃんとしなよ、もったいねえな」

そんなことはどうでもいいとばかりに、青藍が陽時の腕をつかんだ。

「来《き》い」

人込みの中に引きずられて、陽時は慌《あわ》てて抗議の声を上げた。

「おい、放せよ」

「ええから、見ろ」

ほら、と背を押されるように、陽時はその絵の前に放り出された。

陽時は息を呑んだ。

──目もくらむような、黄金色だった。

東山《ひがしやま》から昇る朝日の絵だ。

山の端《は》を白く焼いて、そこから金色があふれ出している。平安神宮《へいあんじんぐう》の仁王門《におうもん》も大鳥居も岡崎《おかざき》の町も、山も、空も。

光をはらむ金色が彩っている。

太陽の黄金はわずかな朱が、山は青葉の色が、町には朽葉《くちば》や鼠《ねず》色や、陽時の目ではとらえられない様々な色が淡く重ねられている。

それは金色の奥にうっすらと透けて見えて、美しい奥行きを与えていた。

陽時は、息を呑んだまま呆然とその前に立ち尽くしていた。

雑音じみた周りのざわめきが聞こえる。

こんなものはもう、東院流と呼べる絵ではない、と。

こいつらは馬鹿だ。

結局、くだらない枠の中でしか、青藍の絵を評価することができないのだ。

だってこんなにも——美しいのに！

慣れ親しんだ白檀が隣で香った。

「きれいやろ、見たか陽時。ぼくの絵や」

「……お前、最初からあのまま出すつもりなかったのか？」

青藍がふんと鼻で笑う。

「お前が勝手に勘違いしたんやろ。ぼくは——東院流より美しい絵を描きたかっただけや」

己《おのれ》の中に遺《のこ》されたものをすべて呑んで。

その先へ手を伸ばすのが青藍だ。

夏の光に照らされて、きらきら輝くその太陽を見つめて。青藍は満足そうにうなずいた。

「──やっぱり、おひさんは金色がええな」

きらめく金色が胸の内に染《し》みて、ふいに泣いてしまいそうになって。陽時が懸命にこらえていると、青藍がため息交じりに続けた。

「茜《あかね》もすみれも、ぼくが一人で買いもんもできへん言いよるし。部屋はぐちゃぐちゃやし、絵具は足りへんし、紙も膠《にかわ》もない」

じろりと睨《にら》みつけるその友だちは、なんだか少しばかり情けない顔をしている。

「帰るぞ、陽時。うちは……お前がいてへんと困るんや」

ふわふわとしていた足が、ふいに地についた気がした。

悔しいなあと思う。ほろほろとその口元に笑みを浮かべた。泣きそうな顔をしているかもしれないと思った。

仕方ないなあ、と笑ってみせて。そうして、そうっとつぶやくように言った。

「おれも、お前の描くおひさんの色が一番好きだよ」

どんっと背中に衝撃がぶつかって、陽時は後ろを振り返った。すみれだ。紺色のワンピース風の制服を着ていて、高い位置で髪を一つにくくっている。

小さな手が、ぎゅうっと陽時の服をつかんだ。

「……ばか。陽時くんのばか」

ぐすっとすみれが肩を震わせる。青藍が冷めた声で言った。

「泣かしよった。かわいそうやなあ」

「え、おれ!?」

「ばか。ばかー！　きらい、陽時くんきらい！」

そう言いながらも、ぐずぐずと縋《すが》りついてくるすみれにおろおろとしていると、隣から
ふふ、と笑う声がする。

制服を着た茜がにこっと笑いながらこちらを見つめていた。

「あーあ、スーツも皺《しわ》だらけだし、全然かっこよくないですね、陽時さん」

まっすぐに視線を向けられて、ぐ、とひるむ。茜がその手を握りしめたのが見えた。

「すみれには、それはもう、ものすごく怒っていいよって言いました。だからきっとしばらく許してくれないです」

茜の手が陽時のスーツの袖《そで》をつかんだ。ぎゅうと力がこもる。

「わたしも怒ってます。勝手に悩んで答えを決めて出ていって。……そういうの、全部ちゃんと相談できるのが、家族だって思うから」

陽時が腰にしがみついたすみれの手に、そっと己の手を添えた。

周りから囁《ささや》かれる声も、もうどうだってよかった。

「――陽時」

呼びかけられて、陽時はふと振り返った。姉がじっとこちらを見つめている。金色の光に照らされて、その瞳の底に泥濘《でいねい》の黒があるのを陽時は今初めて知った。

「顔合わせはどうするん？　お父さんを困らせたらあかん」

陽時は首から、姉の選んだネクタイを引き抜いた。

「ごめんね、姉さん。おれ月白邸に帰る」

勝手に決められた見合いもごめんだし、社長になるつもりも毛頭《もうとう》ない。

うん、と陽時は一つうなずいた。このまぶしい黄金色の光の前で、もう何も怖くないのだとそう思った。

「おれの人生だから、おれは自分でちゃんと生きてくよ」

そうして青藍を見やって、少しためらって。

ふん、と腕を組んで笑ってやったのだ。

「まずはその撥ねほうだいの髪、整えてやる。それから……」

黄金の太陽を見つめて、晴れやかに笑ったのだ。

「使った分の金色、補充しないとな」

街中が祇園祭の山鉾の巡行に沸いた、その日の夕方。

喧騒から離れた岡崎の月白邸で、茜は隣の朝日《あさひ》と、タブレットの画面をのぞき込んで震え上がった。

陽時の〝金色の補充〟に、とんでもない金額がかかったからだ。茜は悲鳴交じりに叫んだ。

「うわっ、こんなにするんですか？」

「あたしたちが混ぜてたあれだよね」

朝日が引きつったような声を上げる。

結局茜だけでは手が足りず、その翌日の放課後に、青藍の絵の手伝いを朝日にも頼んだのだ。主《おも》にあの金色の絵具を作る作業だった。

陽時がこともなげに言った。

「あれだけ金泥《きんでい》作ったら、まあこんなもんだよね。おれがストックしてた分、使いきったんでしょ」

「あれ金なんですか、本物⁉」

茜が、今更ながら震えてきた手をわなわなと見つめた。あの白い紙に包まれていた金色の粉だ。きらびやかだなあとは思っていたが、まさか本物だなんて思わなかった。

「うん、純金の含有量が高いやつ。他にも安いの置いてるのに、色がどうとか発色がなんだとか言って青藍がこればっか使ったんでしょ。あいつそういう金の計算しないから」

月白さんもそうだったけど、と陽時がけらけらと笑った。

こちらとしてはちっとも笑いごとではない。茜と朝日は顔を見合わせた。どちらも顔面蒼白である。

「あたし、手についたやつ外の水道で洗っちゃった……金が流れていっちゃった！」

朝日が泣きそうな顔で言う。

「わたしだって、途中ですみれのお絵かき用に渡しちゃいました！」

すみれのスケッチブックに、とんでもない価値がついてしまったことになる。茜はぱっと陽時を見上げた。

「陽時さんが戻ってきてくれて、本当によかったです。青藍さんだけじゃ月白邸は成り立たないです」

陽時の髪はやや明るい程度のアッシュブラウンになっていた。一度染めた黒がなかなか落ちずに、退色を待って色を抜くと言われたらしい。

知り合いの美容師に頼んでいるらしいが、無茶言うなと散々怒られたそうだ。少し明るくなった自分の髪をつまんで、陽時が甘やかに笑った。

「ほら、おれがいないとだめなんだってさ、青藍」

「どいつもこいつも、ぼくが駄目人間やみたいに言いよって」

青藍がソファでむっと口を尖《とが》らせたのを見て、陽時が笑ったのがわかった。

「茜ちゃん、お湯わく」

すみれがキッチンからぴょこっと顔を出す。

今日は陽時のことを心配していた朝日を、茜が夕食に招待したのだ。メニューは涼しくそうめんと、天ぷらである。

テーブルの上には、葱《ねぎ》や茗荷《みょうが》、生姜《しょうが》など色とりどりの薬味を入れた小鉢《こばち》が並べられ、梅を纏《まと》わせてさっぱりと揚げた紫蘇《しそ》や、さくさくの海老《えび》、たっぷりの肉汁《にくじゅう》を含んだ鶏肉と、ふかふかのちくわの天ぷらが盛られていた。

茜はいそいそと陽時の背を押してキッチンに押し込めた。

「陽時さんが、そうめんをゆでる係です」

「いいけど、青藍は？」

最近、青藍も陽時も自分たちでできることは手伝ってくれるようになった。皿を洗うだ

とかうどんをゆでるだとか、ゆで卵を作るだとか、キッチンに被害が及ばない範囲でだ。

青藍がソファでふんぞり返ったまま言った。

「ぼくは高みの見物や。そっちは暑そうでかなんなあ」

「ふざけんな。お前も一緒にやるんだよ。たまには汗だくになって働いてみろ」

陽時がキッチンを抜け出そうとするから、茜はにっこり笑ってその前に立ち塞《ふさ》がった。

「今日は陽時さんが、そうめん係です」

何かを察したのか、陽時がう、と肩を落とした。

「……はい」

茜もまだ怒っている。すみれもちゃんと、「すみれも怒ってる！」とことあるごとに主張していた。

陽時が大きな寸胴鍋《ずんどうなべ》に、おっかなびっくりそうめんを投げ入れるのを見届けながら、茜はちらりと朝日をうかがった。

陽時のお見合いは、本人不在とあって結局流れたらしい。朝日が見たお見合い相手とは、たぶん姉の麻里花だったのだろうと茜が言うと、朝日はほっと胸を撫で下ろしていた。

「陽時さん、差し水しないとあふれますよ」

「えっ、朝日ちゃんちょっと待って、そういうのもっと早く言って！」

カウンターを挟んで笑い合っている様子に、案外お似合いなんだけどなあと茜は思う。茜の前ではあれだけ、陽時のことを好きだと言っておいて、本人を前にするといまだその気持ちをおくびにも出さない。

本当の想いに怯《おび》える人たちが、ゆっくりとでも歩み寄っていければいいと、茜は気長に応援するつもりで、小さく笑った。

その夜は夏の京都には珍しく、クーラーのいらない涼しさだった。

盆にたっぷりの氷とお茶、それからつまめるものを一つか二つのせている。茜が部屋を訪ねると、途端に陽時の声が聞こえた。

「使ったら、その都度買い足せって言ってんだろ。あと、ちゃんと番数で分けてんだから、勝手にしまう場所変えるな」

青藍が散々荒らした仕事部屋を、陽時がぶつくさ言いながらせっせと片付けている。

「膠もないし紙もないし。ほんとおれがいなかったらお前、まともに絵描けてねえからな」

その隣で、今度は床にふんぞり返っていた青藍が、ふんと鼻を鳴らした。

一応心苦しく思っているのか、余計な口を出すつもりはないようだった。

「仲良しですね」

陽時がぱっと顔を上げる。気づくなり盆を持ってくれるあたりが陽時だ。

「ありがとう、茜ちゃん。全然仲良くないからね」

陽時は結局、紀伊家の御用聞きとしてそのまま営業を続けることになった。陽時自身は辞《や》めることも考えていたそうだ。

でもね、と肩をすくめた。

「おれ姉さんを見てて、ちょっと思ったんだよね……麻里花姉さんの自由を奪ったのは、おれなのかもしれないなって」

その声がふと暗く沈む。グラスに茶を注いでいた茜は静かに顔を上げた。

「おれが中学生の時に出ていかなかったら、麻里花姉さんは婿《むこ》とか跡取りとか、そんなこと考えなくてもよかったのかもしれない」

家から出て今よりずっと、自由な人生を歩むことだってあったかもしれない。そうしたら陽時のように——広い世界を知ることだってできたかもしれないのだ。

「おれはあの時、月白邸に来たことを後悔してないよ。でもちょっとぐらい、罪悪感もあるわけ」

青藍が隣でわずかにうつむいたのがわかった。青藍もきっと同じだからだ。

東院本家は珠貴が継いだ。青藍は東院家を支えるだけの絵の腕を持ちながら、その傍に

いることを拒《こば》んだのだ。

珠貴はあの神の森の傍にある、広大な邸の主《あるじ》を一人で務めている。千年の一族の重い伝統を、その肩に背負って。

陽時がどこか吹っ切れたように笑った。

「だからおれ、社長とか見合いとかはごめんだけどさ。会社にはもうちょっとちゃんと関わってみようかなって思ってる」

陽時もまたゆっくりと前に進むことを決めたのだ。

一人で生きていくには、世界は広く深すぎると茜は思う。先へ進むことも大切で、それはきっと帰る場所があるからだ。

青藍が、ちらりとふすまの向こうに視線を向けた。

そこには金色の猫が、すらりと背筋を伸ばしている様が、描かれている。

花の咲かない桜に寄り添って、けれどずっと遠くを見つめて。

月白邸の夏の夜が、静かに更《ふ》けていく。

主要な参考文献

『図解　日本画用語辞典』東京藝術大学大学院文化財保存学日本画研究室編（東京美術）二〇〇七年
『定本　和の色事典』内田広由紀（視覚デザイン研究所）二〇〇八年
『暮らしの中にある日本の伝統色』和の色を愛でる会（ビジュアルだいわ文庫）二〇一四年
『日本美術史　カラー版』辻惟雄監修（美術出版社）一九九一年
『最新名曲解説全集　第十四巻　独奏曲1』音楽之友社編（音楽之友社）一九八〇年
『新装版　日本画　画材と技法の秘伝集：狩野派絵師から現代画家までに学ぶ』小川幸治編著（日貿出版社）二〇一六年

※この作品はフィクションです。実在の人物・団体・事件などにはいっさい関係ありません。

集英社オレンジ文庫をお買い上げいただき、ありがとうございます。
ご意見・ご感想をお待ちしております。

● あて先
〒101-8050　東京都千代田区一ツ橋2-5-10
集英社オレンジ文庫編集部 気付
相川　真先生

京都岡崎、月白さんとこ

青い約束と金の太陽

集英社
オレンジ文庫

2022年10月25日　第1刷発行

著　者　相川　真
発行者　今井孝昭
発行所　株式会社集英社
〒101-8050東京都千代田区一ツ橋2-5-10
電話【編集部】03-3230-6352
【読者係】03-3230-6080
【販売部】03-3230-6393（書店専用）
印刷所　図書印刷株式会社

ISBN 978-4-08-680470-7 C0193

目次

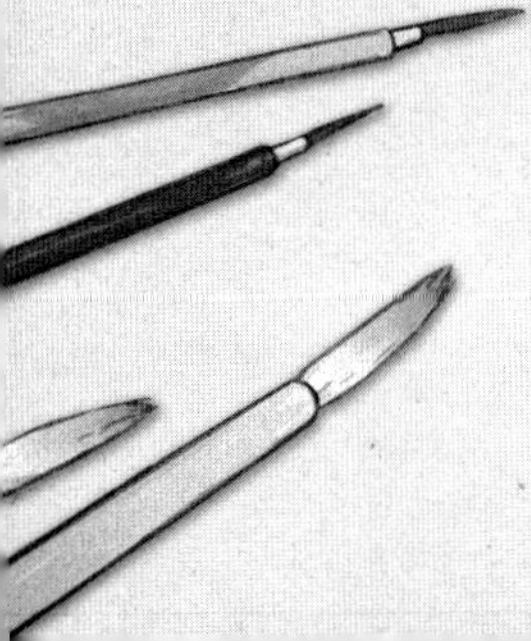

本書は書き下ろしです。

集英社オレンジ文庫

京都岡崎、月白さんとこ

青い約束と金の太陽

相川　真